BELHELL

EDYR AUGUSTO

ROMANCE

© Boitempo, 2019
© Edyr Augusto, 2019

Direção geral Ivana Jinkings
Edição Isabella Marcatti
Coordenação de produção Livia Campos
Assistência editorial Carolina Mercês e Pedro Davoglio
Preparação Mariana Zanini
Revisão Thais Rimkus
Capa Artur Renzo
sobre foto do Complexo do Ver-o-Peso,
Belém-PA, 14 out. 2015, de Ronaldo Andrade
Diagramação Antonio Kehl

Equipe de apoio: Clarissa Bongiovanni, Débora Rodrigues,
Dharla Soares, Elaine Ramos, Frederico Indiani, Heleni Andrade,
Higor Alves, Ivam Oliveira, Joanes Sales, Kim Doria, Luciana Capelli,
Marina Valeriano, Marlene Baptista, Maurício Barbosa,
Raí Alves, Talita Lima, Tulio Candiotto

CIP-BRASIL. CATALOGAÇÃO NA PUBLICAÇÃO
SINDICATO NACIONAL DOS EDITORES DE LIVROS, RJ

A936b

Augusto, Edyr, 1954-
Belhell / Edyr Augusto. - 1. ed. - São Paulo : Boitempo, 2020.

ISBN 978-85-7559-748-4

1. Romance brasileiro. I. Título.

19-61591

CDD: 869.3
CDU: 82-31(81)

Leandra Felix da Cruz - Bibliotecária - CRB-7/6135

É vedada a reprodução de qualquer
parte deste livro sem a expressa autorização da editora.

1ª edição: janeiro de 2020

BOITEMPO
Jinkings Editores Associados Ltda.
Rua Pereira Leite, 373
05442-000 São Paulo SP
Tel.: (11) 3875-7250 | 3875-7285
editor@boitempoeditorial.com.br | www.boitempoeditorial.com.br
www.blogdaboitempo.com.br | www.facebook.com/boitempo
www.twitter.com/editoraboitempo | www.youtube.com/tvboitempo

Aos meus pais, Edyr e Celeste.

SUMÁRIO

Prólogo 9
    na hora do almoço 9
    um goró 9
    museu pessoal 11
    fim do jogo 12
Giovonaldo 15
Zazá 17
Aragão 19
Pelada 21
Piquenique 24
Paulo 27
Delegado Rogério 29
Novena 32
Paula 34
Praça Magalhães 37
Paula e Samuca 40
Paula e Paulo 43
Paulo e Gil 45
Polícia Civil 48
Reencontro 50
Marollo 53

A escalada 57

Royal 59

O Chapéu do Barata 62

Ambição 66

Gil e Marollo 70

Vivendo e aprendendo a jogar 73

Adriana 76

Paulo é matador 77

O vice-rei do cassino 80

Um baque e uma chance para Paula 82

Marollo conta 84

Gil e Paula 87

Gil, Paula e Leitinho 91

No comércio 96

Paula e Marollo 99

Federal 103

Quem gosta de perder 106

O começo do fim 111

Até o governador no bolso 113

No carro prata 116

Ela é minha 118

Protegido do cabo Riba 123

A hora certa de parar 126

Planos 130

Sem lugar 133

Paulo e Paula 136

Falha 138

Na noite da noite escura 142

Bronco 147

Epílogo 151

PRÓLOGO

NA HORA DO ALMOÇO
Olhei pro relógio, ih, hora de almoçar. Segui pela Presidente
Vargas, até o restaurante Largo da Palmeira. Dei uma quebrada
na Ó de Almeida, Primeiro de Março. Três caras que tomam conta de carros. A gente se enxerga. Passei e ouvi. O escritor anda
mexendo onde não deve. Foda-se, fiz que não ouvi. D. Fátima
veio me servir e me entregou um bilhete. Abri e estava escrito
"Cuidado onde te mete". Paguei minha conta, fiz a Manoel Barata
até a Presidente, onde tem mais pessoas, e voltei. Ameaças?

UM GORÓ
Você acorda assim meio tonto, pescoço doendo por conta da
posição em que deitou, olha em volta e não sabe onde está. Sim,
mas agora, como é que eu vim parar na escadaria do Arquivo
Público a essa hora da noite? Apalpei os bolsos e estava tudo lá.
Celular desligado, carteira intacta, chaves. Duas e pouco, não,
quase três da manhã. Quer dizer que era só uma prova de nada
e rápido eu ia acordar. Liguei para o Pedro e ele veio me buscar
de moto. Estava de serviço. Uma turma que circula pelo comércio
e pela Campina protegendo a galera. Primeiro baixei na Esther
para comer alguma coisa. Nem tinha almoçado. Hoje falei com o
Ariosvaldo, o Bronco, disse ao Pedro. Quer dizer, me levaram pra

falar. Hora do almoço, ia na Presidente Vargas, quebrei na Ó até a Primeiro de Março para chegar ao Largo da Palmeira. A rua é estreita. As calçadas também. Alguém me tocou o braço. Mano, o chefe quer falar contigo. Um carro ao meu lado. Vidros escuros. Abriu a porta. Me empurraram antes que eu pudesse esboçar defesa. Desculpa aí, cara, é só uma conversa. Chuta, põe a venda nele. Chuta? Porra, não aperta tanto. Dr. Escritor, não encrespa com o Chuta. Ele é assim meio mão pesada, mas é boa gente. Sabe por que Chuta? Porque chuta pra caralho! Riram. Havia mais pessoas. Rodamos pelo comércio. Trânsito lento. Mas eu sei que acabamos na Primeiro de Março, ainda, mas para trás, depois da Carlos Gomes. Conheço a região como a palma da minha mão. Abriu uma garagem. Tiraram a venda. Subimos. Taí, chefe, o dr. Escritor, como o senhor pediu. Ninguém aperreou, até contamos piada, tudo limpeza. Boa tarde, cara, senta, por favor. Me disseram que tu és viciado em Coca zero, é? Balancei a cabeça. Traz uma aqui pro doutor, estupidamente gelada. Deixa eu te dizer: eu sou o Ariosvaldo, mas a galera me chama de Bronco, apelido de infância. Tu sabes, a gente conhece quem mora por aqui. Sei muito bem onde é teu muquifo ali naquele prédio antigo, sei daquele teu cachorro que morreu de repente, pqp, o cachorro era bonito pra dedéu! Mas é que tu andas fuçando muito aqui e ali, e aí, sabe como é; essa área é do meu controle. Porra, tu me vai na Paraíso Perdido com o Pedro, gente boa, me dou com ele, te protegendo, depois circula pelo Veropa perguntando. Então já te encontram no 77, ali junto dos fundos do Basa, perguntando. Porra, eu nunca te vi metido onde não devias. Até soube dos livros e tal, mas, sabe, eu não ando com tempo pra ler. Eu lia, verdade, mas dava sono. Lembras aquele livrinho que vendia na banca, da Brigitte Montfort? O ZZ7, acho... Porra, Escritor, me diz o que é que tu tás querendo, porque eu não deixei ninguém chegar junto por respeito. Gente letrada, gente boa, sabe como é. O que é que tu estás procurando?

Expliquei para o Bronco. Era pesquisa para um livro. Não tinha nada a ver com os negócios dele nem iria botar nada que comprometesse. Escrevo ficção, cara, fica tranquilo. Então, tá. Vou confiar em ti. Mas tu já me conheces, e no meu negócio eu não brinco nem sou educado, tá? Valeu. Os caras vão te dar um goró aí, dose fraca, só pra tu dormires um pouco e não saber esse endereço aqui, certo? Porra, vê se não é muito forte, aí...

MUSEU PESSOAL

Um cenário desolador. Luzes acesas revelando um local onde muitos sonhos de riqueza, a maioria, não aconteceram. Havia garrafas de bebida, aqui e ali, em mesas luxuosamente montadas, com toalhas bonitas, cadeiras confortáveis. Andamos entre as roletas, bacará, aparelhos de vídeo que publicavam resultados aqui e ali.

O porteiro me disse que meu amigo ia mandar me buscar às nove da noite. Esperasse na portaria. Assunto do livro. O carro veio, e eu fui, vendado, mas sabendo aonde iria.

Chegamos a uma sala em um tipo de sobreloja, grande, com uma enorme mesa circular e espaços para serviços de restaurante e bar. Uma cozinha já meio antiquada para os equipamentos de hoje. Depois, fomos através de um corredor até outra sala, não, um quarto, luxuoso, cama grande, aparelhos diversos, de som a TV, banheiro totalmente pronto com *jacuzzi* de hidromassagem. O Bronco perguntou se estava satisfeito. Havia poeira, e ele tinha rinite. Posso voltar aqui sozinho? Não. É só hoje. Esse é meu museu pessoal. Guardo tudo como era. Mas é só meu. Se te mostro, é porque entendi o teu barato de escrever. Mas também preciso novamente te avisar pra não chegar próximo do meu negócio. Fica na tua. Escreve teu livro. Respeito gente de letras. Mas, já te disse, meu negócio é sagrado. Garanti a ele que não estava procurando nada que o envolvesse. Neste momento, isso não é meu assunto. Agora me diz: o que tu tens a ver com esse lugar aqui? Te conto mas isso se esgota aqui, tá bem? Não quero levantar lebre sobre minha pessoa, de onde vim e coisa e tal. Já gasto uma boa grana pra manter uma turma aí sossegada, sem perturbar.

Trabalhei com ele. Ele quem? O dr. Marollo. Ah. Foi meu primeiro emprego, o de garçom. Fui aprendendo, melhorando e fazendo amizade. Sabes que amizade é tudo nessas horas. Ele confiava em mim. Então passei a servi-lo pessoalmente. Sabia de tudo que ninguém sabia. Infelizmente, não percebi aquilo que estava acontecendo bem próximo. Ele também não sacou. Aconteceram uns troços aí e tudo acabou. Mas isso tu já sabes, não é? É, já sei. Queria saber mais. Podias me contar. Não, cara, isso é coisa minha. Bronco, escrevo ficção. Troco os nomes, misturo um monte de acontecimentos. Depois, porra, essa é uma puta história que tu viveste e estás aqui, com esse lugar, uma história pedindo pra ser contada. Confia em mim. Vamos fazer o seguinte: te mostro antes de publicar. O que não quiseres, eu tiro. Pensa aí, cara. Tá bom, tá bom. De qualquer maneira, encontrar o lugar foi importante. Te agradeço. Não te preocupa. Tu foste legal comigo, fica tranquilo, na boa. Meu assunto é escrever ficção. E só.

FIM DO JOGO

Atravesso a Presidente Vargas e vou buscar jornais na Banca do Alvino. Lá dentro, o Chuta me aguarda. Porra, Escritor, tu dormes pacas, hein? Fala, meu. O chefe quer falar. Pensei que o papo estava encerrado. Sei lá, ele quer falar. Pode ser agora? Tá. Tem de botar venda e esses caralhos? Tem. Quando estiver dentro do carro.

Rodou, rodou, mas eu sabia. Fale, garoto. E aí, Bronco? Lembrou alguma coisa? Olha só, esse teu livro pode dar em merda pra mim. Porra, tu vais escarafunchar umas coisas que ficaram pra trás. Eu já tenho uma porrada de gente que está torcendo por um tropeço, pra me pegar. Isso tu já me disseste, Bronco. Pra que me chamaste hoje? Puta que pariu, eu sei que vou me foder. Quem vai se foder? Eu, caralho, mas vaidade é uma merda, porra. Porra, cara, eu te chamei. Eu te chamei. Nem dormi direito. Essa história que tu queres saber mais, saca? Pois é. Coça muito a língua. Demais. Eu sei, cara, é uma puta história. Tu vais me contar. A merda é que eu sei que vou me foder, sabes? Bora, desembucha, cara. Tu estás doido pra contar! Porra, tu também dás uma corda do caralho, né? Ri. Vais ou não vais contar? Olha, velho, falando sério. Eu vou contar. Vai dar merda, mas de merda eu já ando cheio, essa acaba sendo a menor. Mas tu levas a sério. Quero ler antes. Quero poder dizer não. Está bem. Isso eu prometi ontem. Fazes bem. Essa história está engasgada em ti. Contar pode ser libertador. Te livras disso tudo. É, é, eu sei, eu acho também. Precisamos marcar um horário, todos os dias. Bom, não pode ser todo dia. Depende dos acontecimentos. Pega esse celular. Eu falo contigo através dele. Não usa pra mais nada. Mando sempre tipo, HJ de hoje e um número, tipo 9, pra nove horas, tá? Combinado? Vai ver, ninguém mais lembra de nada, mas eu vou contar, pronto, vou contar. Amanhã, vamos ver, te aviso.

GIOVONALDO

ATIRA, CARALHO. NÃO FAÇA ISSO, HOMEM. Tenho mulher e filhos pra criar. Atira, moleque! Ou vai gelar agora, hein? Pelo amor de Deus, homem, faz isso, não! Três tiros secos e Gio começou a vomitar. Pedaços de cérebro se espalharam em seu rosto e sua camisa. Porra, sacana. Agora viraste macho, porra. Vamos botar ele no buraco. Depois tu te limpas e a gente dá no pé.

Naquela noite, na cama, ainda tremia quando lembrava. Debaixo das unhas ainda havia terra e um cheiro ruim que não o deixava dormir.

Lembrou-se da mãe, Giovanna, grande e falante. Lembrou-se do pai, Ronaldo, franzino, que tinha uma padaria na Cidade Velha. Morreu cedo. Ele estudava em um grupo. A mãe lavava roupa de famílias ricas. O Ver-o-Peso era seu *playground*. Conhecia todo mundo. E todo mundo cuidava dele. Mas precisava ajudar na comida. A mãe o levou até um de seus patrões, Emiliano Pontes, que tinha uma loja de revenda de carros. Seu Emiliano, por favor, cuide do Giovonaldo. Ele é assim, grandão, mas é um menino, ainda. Pode deixar Giovanna, ele está bem entregue. Amanhã ele começa, lá pelas oito, está bem? Pode deixar. Tudo certo, Gil? Não é Gil, seu Pontes, é Giovonaldo. Tá certo, querida.

Assim Giovonaldo passou a ser Gil. Chegou à empresa Pontes Veículos e foi apresentado a uma vassoura e a instruções de como proceder. Muito difícil no começo. Regras para quem se acostumou a não as ter. Aprendeu. Foi ficando popular com as funcionárias. Trocava beijinhos aqui e ali. Mas era o afilhado do seu Pontes, e ninguém tentava mais que isso. Ouviu os vendedores conversando sobre um tal de piquenique. Que piquenique? Sai daqui, moleque. Isso não é pra ti. Tá. Se abicorou e ouviu sobre a noite em que todos iam para a estrada. No dia seguinte, chegavam mais tarde, sorridentes, comentando o sucesso. Um a cada três meses e ele aguardava para também tornar-se vendedor e ganhar percentagem de vendas. A mãe morreu. Ficou só. Seu Pontes pagou o enterro simples. E agora, onde vais morar? No mesmo lugar. Casa pequena, mas dava para viver. Zazá foi ao enterro. Era amiga da mãe. Muito simpática, a anã. Olhava para ele com bons olhos. Convidou para almoçar em um domingo. Morava ali na Matinha, por trás da Unama. Giovonaldo, deita um pouco. Faz uma sesta antes de ir embora. Deitou-se. Quando acordou, Zazá estava deitada ao lado, nua. Um susto. Ela o deteve. A voz mansa. Sedutora. Pegou no seu pau. Levemente. Primeira vez, né? Foi. Vamos tomar banho juntos? Foram. Ele obedecendo. Lá fizeram mais uma vez. Fora o tamanho, Zazá era uma coroa bonita. Seios, coxas. Ela o enxugou e disse: Fica comigo. Vem morar aqui. Olha, tu não trabalhas ali pro Telégrafo? Então, fica mais perto pra voltar, almoçar. E tem eu, querido. Minha cama. Meus carinhos. Eu saio à noite pra cuidar da boate, mas não volto tarde e cuido de ti. Hoje tu voltas pra tua casa. Amanhã, de noite, eu mando um carro te pegar e as tuas coisas. Eu também sou sozinha, sabe? Tudo o que eu quero de ti é carinho e de vez em quando um sexo gostoso, ok? E se tu quiseres ir pra boate e me ajudar, melhor ainda. Tá bom. Agora, me chama de Gio, tá?

ZAZÁ

NASCEU TOMÁZIA E VIROU ZAZÁ. Infelizmente, quando veio o diagnóstico de nanismo, a mãe a rejeitou e o pai a deu para uma mulher que ia passando. Esta não tinha filhos e adotou a criança. Na medida da necessidade, cresceu e entendeu a profissão da mãe: prostituta. Virou amiga das amigas, mas não tinha amigas de sua idade. As pessoas tinham medo. Ignorância. Anã dava azar, feitiço. As colegas da mãe, incluindo as bichas, a criaram. Também prostituta, Zazá lidava com os mesmos medos no rosto dos homens. Mas, para outros, era um prato raro e bem pago. Vai entender esses idiotas. Todas faziam ponto na Riachuelo, mas iam mesmo era à Paraíso Perdido, uma boate na Manoel Barata que abria pouco depois das quatro da tarde, dependendo do dia, e recebia os comerciários que precisavam de alguma alegria, cerveja e sexo para disfarçar a vida de merda que levavam. Quando finalmente Zazá chegou à Paraíso Perdido, aquele mundo de luzes, música alta, homens e mulheres dançando e se esfregando, aquele olor de sexo a conquistou. Foi como uma rainha chegando enfim ao seu reino. É claro que chamou a atenção de todos. Não deu bola. Fez seu número, rebolou, jogou cabelão, fez olhar especulativo. Não era sempre que alguém se aproximava. A velha burrice sobre anões. Não a abalava. Quando começava a se sentir tristonha com alguma graça sem graça de algum bêbado, ligava o ouvido da música *discotheque* e chutava para longe a tristeza. O dono era um chinês chamado Liu. Só isso. Liu. Sabe como é chinês, né? Misterioso. Três homens grandes e maus faziam a segurança. Marinheiro bêbado quer agredir puta no fim da noite. Comerciário com ciúme de puta, enfim. Todos para fora. Foi chegando perto dele. Conversa besta. Poucas frases. Uma noite, fim da noite, Liu perguntou se ela podia ficar um pouco mais. Até terminar as contas. Que foi, china? Desembucha. Liu não tem ninguém. Liu sozinho. Quer ficar hoje com Liu? Quarto lá em cima. Ninguém quer Liu. Tu queres? Zazá viu nos olhos do china a sua solidão. Subiu. Ficaram amigos. Logo Zazá ajudava nas contas. Mas quando levou Liu para casa, a mãe não gostou. Chinês dá azar. Não fala. Faz tudo calado. Cuidado, minha filha. Escolhe: eu ou o china. O china. Passou a morar no quarto, altos da boate. Ajudava a limpar, fazer compras e contas. No Círio, Liu levava dois bancos altos para poderem assistir à passagem, no Boulevard. Passou mal. Branco. Apoiou o braço. Olhar de socorro. Caiu do banco. Nossa Senhora de Nazaré passando. Olha aqui! Cuida! Socorro! Vieram uns socorristas. Levaram pela Ocidental do Mercado até a Quinze de Novembro e de lá até um posto de socorro. Liu chegou morto. A Paraíso Perdido não abriu. Enterrou Liu. Voltou para a boate. Liu não tinha ninguém. A boate tinha, agora, uma dona. Zazá. Quando morreu d. Giovanna, ali naquela casinha da Cidade Velha, foi confortar. Viu o garoto, Gio. Menino grande, olhos espertos, bonito, ambicioso. Zazá o quis. Vou fazer desse menino um homem pra dominar esse mundo aqui. Não era mais tímida, escondida. Agora tinha um nome, Zazá, uma casa noturna e o que viesse pela frente. Com Gio.

ARAGÃO

O TELEFONE TOCOU ALI pelas duas e meia da manhã. Atendeu mal-humorado. Olhou para o lado. A mulher roncava. A filha avisando que podia ir buscá-la. Um arrepio passou pelo corpo. Então seria agora. Levantou-se, vestiu-se, pegou o carro. Antes, no bagageiro, o fio de costurar tecidos humanos, fino, forte, letal. Cabeça atiçada, coração veloz, mãos tremendo. Sentou-se no banco e respirou forte até regular. Te acalma, cara. Hoje é o dia. Aquela vontade veio chegando aos poucos. Primeiro achou delírio. Começou a pensar a respeito. Era insatisfeito da vida. Médico intensivista, seu plantão era opressivo, salvando vidas que chegavam em ponto crítico o tempo todo. Morava em um prédio ali na Braz de Aguiar. A filha estava lá na Boaventura, quase chegando à Matinha. Mas primeiro foi fazer o que precisava fazer. Antes, em algumas noites, pedia dez minutos no plantão para ir tomar um café, fumar um cigarro, fazer um lanche na Esther, e aproveitava para escolher uma vítima. Rua deserta. Sem câmeras. Nada de trânsito. Encontrara na Primeiro de Março, quase esquina com Riachuelo. Havia um mendigo ou crackeiro que dormia só, jogado em um canto onde fizera morada. O escolhido foi você! Era a hora. Parou o carro e foi chegando. Ele estava lá. Pé ante pé. O fio de costurar tecido humano em mãos enluvadas. Jogou fora o cigarro. Um instante. O olhar de esguelha e o susto. Envolveu o pescoço e puxou. Ele veio com o corpo. Agora, como se fosse um mata leão. Sentiu o corpo aliviar o intestino, fazendo toda força que podia para se livrar. Conseguiu puxar o cabelo. Encostou a cabeça na do outro, respirou fundo, trouxe a cabeça de lado e viu os olhos, vermelhos, desesperados. Viu a vida de alguém indo embora, como já vira tantas vezes em posição inversa. Estava desesperadamente tentando se salvar. Agora, estranhamente manso, força invencível, sentiu o pau despejar sêmen e aquele corpo foi murchando, murchando, até ser deixado no chão, morto. Agora resfolegava, olhava para os lados, foi até o carro. De nervoso, o carro enguiou. Ligou, saiu rápido. Parou em outra esquina. Tirou as luvas, que chegaram a rasgar. Guardou o fio. Passou pano com álcool no volante, nas mãos. Olhou tudo e entrou no carro novamente. A calça estava molhada, mas àquela hora ninguém notaria. Estava em paz. Agora, tranquilo. Desabafado. Então era aquilo? Aquela pessoa não faria falta a ninguém. Escolheu certo. Acendeu um cigarro relaxante. A filha reclamou que ele tinha demorado. Rosnou dizendo que ela é que devia ter aproveitado para namorar ainda mais. Chegou em casa, entrou no quarto, tirou a roupa, que jogou na máquina de lavar, como fazia sempre quando chegava do hospital, e olhou para a mulher, que dormia. Ela tinha sido a Rainha das Rainhas do Carnaval. Ainda tinha um torso bonito e convidativo. Deitou--se e se chegou nela. Fez um carinho. Ela deu um safanão. Égua, tá tarde, Sérgio. Me deixa dormir, porra. Que se foda. De olhos abertos, recapitulou os acontecimentos. Dormiu feliz.

PELADA

GIL ENTURMOU. AGORA, FUMAVA e tomava cervejinha ao fim do expediente. Depois, havia a Paraíso Perdido e ele bancava o fodão, fazendo entrar alguns colegas de graça, arrumando mulher para um mais tímido. Mas, porra, que merda é essa de piquenique? Porra, moleque, isso só o seu Pontes pra te dizer. Vai lá e pergunta. Vou nada. Ele me dá um esporro e eu sou meio rebarbado, vou nada. Vai ter daqui a três dias. Queres ir? Quero. Podias ir escondido, só pra ver. Gil, se o patrão descobre, todo mundo aqui tá no olho da rua. Se bem que todo mundo aqui é meio sócio, né? Tu sabes jogar bola? Não, espera lá, antes de dizer qualquer coisa, me diz qual é a tua posição. Se disser que joga em qualquer uma, é porque é pereba. Agora, responde. Tu jogas bola? Jogo. Qual posição? Qualquer uma. Porra! Não, tô de sacanagem. Jogo no meio de campo. Amanhã vai ter pelada no sítio do seu Pontes. Fica assim de gente, barão, até gatinhas. Cerveja liberada, quer dizer, se a gente ganhar e só depois do jogo. E quem a gente vai barrar? O Moura, porra, já tá velho, lembra aquela entregada no fim do jogo, lembra? Se não fosse o Jorge Alberto fazer aquela defesa, baubau. Negócio seguinte: vou falar com o seu Pontes e ele vai inventar qualquer coisa pro Moura e aí tu vais, mas porra, se tu gelares lá, puta que pariu, né?

Pontes sabia jogar com a fama, chamando tudo pro seu negócio. Tinha um sítio. Pagava chem para vários radialistas que cobriam futebol. Patrocinava a equipe de esportes. Convidava figuras da mídia para jogar a famosa pelada em que não perdia nenhuma partida. Sua especialidade era a falta próxima à área. Diziam que todos os dias, de manhã, contratava homens para ficar na barreira e um goleiro para treinar a cobrança de faltas. Outros diziam que as traves eram assimétricas e que, no segundo tempo, o time dele atacava sempre para o lado em que o travessão era mais alto. O lado em que ele treinava. O juiz, pago por ele, marcava as faltas e ele cobrava. Quando fazia o gol, era aquela festa. Todos corriam para abraçar e ele, humilde, tirava por menos, dizendo apenas que tivera sorte. Sorte? É claro que no primeiro tempo o juiz não marcara nenhuma infração contra o gol de seu time. Era uma festa. Gente conhecida da televisão e do rádio. Gio não conhecia ninguém. Era outro mundo. O jogo é contra o time do dr. Clayton, o cara mais rico da cidade. Ele é advogado? Não, é médico, mas não clinica mais. O cara é dono de hospitais, aqui em Belém e no interior. Dizem também que ele tem cassino, uma jogatina do caralho, e pensa se a polícia vai lá, pensa. Tem aposta na parada. Seu Pontes já apostou. Olha lá, moleque, não vai gelar, hein? Gio não gelou. Nasceu com uma certa ousadia de se sentir bem no centro de uma arena cheia de leões, de ser criado na pedra do Ver-o-Peso. E sabia jogar muito bem. O time do seu Pontes também era bom. O adversário começou a se aborrecer, depois de 2 a 0. Tinha outro moleque no time do dr. Clayton. Desses que passam o dia na academia. Barriga tanquinho, um certo ar de desdém pelos outros. Jogava bem. Muito forte. Seu aborrecimento dava para notar. Não gostava de perder. E um cara desses, rico, bonito, vai gostar de perder? A partida já rondava a metade do segundo tempo, quando o juiz marcou uma falta nas proximidades da área. Suspense geral. O seu Pontes aproxima-se da bola lentamente e a ajeita. Sabia jogar. A idade freava um tanto a qualidade, mas todos corriam por ele.

Alguns ligaram os celulares para filmar. Outro usou uma câmera mesmo. O juiz apitou, a bola decolou por cima da barreira e entrou no ângulo. Festa total. Todos abraçando seu Pontes, um craque! Feliz da vida! O jogo vem para o fim e há uma disputa entre Gio e o garoto bonito e rico. Ambos bem fortes, eles têm um corpo a corpo do qual Gio sai liso, com um drible bonito chamado "banho de cuia". Foi o bastante para o rapaz, deslealmente, dar um chute nas pernas de Gio, derrubando-o no chão. Moleque enjoado, Gio retornou na mesma, partindo para cima do rapaz. Rolando no chão, Gio por cima, armou o murro. A mão de alguém o deteve. Seu Pontes. Tá bom, meu filho. São dois garotos, sangue quente, já passou. Lá vem dr. Clayton, que não jogava, ficava apenas com seu uísque, balançando e ouvindo o gelo bater no vidro do copo. Júnior, meu filho, peça desculpas ao rapaz, que nome? Gil, disse Pontes. Peça desculpas ao Gil. Claytinho (cujos companheiros de time, às escondidas, chamavam de "Leitinho") resfolegava e tinha nos olhos o ódio estampado. Pedir desculpas? Um moleque que não tem nem onde cair morto? Júnior, eu disse para pedir desculpas. Agora. Pai e filho se encararam. Desculpe, murmurou. Pronto, está bom. Juiz, dê o jogo por terminado. Vamos tomar cerveja, todo mundo! Saíram, cada um para um lado, se encarando. Aquilo não havia terminado ali. Gio foi o herói da noite, recebeu cumprimentos. O dr. Clayton chegou junto e elogiou. Parabéns, garoto. Tu jogas bem. Se pudesse, eu te contratava pra jogar no meu time, mas imagina se o Pontes deixa. Gil, vem cá. Licença, dr. Clayton. Esse aqui é o Gil, o garoto que arrebentou no jogo. Moleque, tu jogas muito bem. Sou o deputado Wlamir Posta. Obrigado, doutor. Doutor, ih, deixa esse doutor pra lá, me chama de Wla que está bom. Olha, aqui está meu cartão. Qualquer coisa que precisar, liga pra mim. Parabéns. Um abraço. Pontes, o garoto vai longe! Qualquer dia está até batendo falta no teu lugar. Não, pra isso tem muito tempo, meu amigo. Agradeceu. Ficou na sua, junto aos colegas, e foi direto para casa. A boate já teria fechado àquela hora.

PIQUENIQUE

CHEGOU À EMPRESA E FOI RECEBIDO COMO HERÓI. Joga pra caralho, véio. Porra, aquele banho de cuia no mauricinho foi ótimo. E já voltou rolando por cima. Que nada, cara, tenho de pedir perdão pro seu Pontes. Aquele coroa grã-fino era o pai do moleque e pode pegar geral, sei lá. Porra, o seu Pontes adorou, cara, pode crer. O Gil deu uma afubitada no tal do Leitinho muito da foda, meu. Vai lá falar com ele, vai. Bateu na porta. Entrou. Seu Pontes, bom dia, eu vim lhe pedir desculpas por ontem. Pelo quê? Por aquele abafa que tu destes naquele moleque mimado? Foi ótimo. O Clayton mima muito esse filho e o resultado é esse. Cheio de marra e tal, pegou porrada. Muito bom. Gostei. Então tá bem. Fiquei preocupado e tal, sabe lá, podia prejudicar os negócios. Nada, nada disso. Fica frio. No fundo ele sabe o filho que tem. Depois, o que acontece dentro do campo fica lá. Tá tudo certo. Pode ir trabalhar. Tem outra coisa, seu Pontes. Não sei como dizer, não quero lhe aborrecer. O que foi? Nada tão importante, não fique nervoso... Desembucha. É que o pessoal... Que pessoal? Lá de baixo, da venda, eles andaram falando de um tal piquenique. Deram corda, mas disseram que o senhor é quem manda. Vim saber se posso ir nesse piquenique de amanhã... Porra, esse pessoal é foda. A gente não pode confiar em ninguém. Tu queres mesmo saber desse negócio de piquenique? Quero. O senhor pode contar? Senta aí e ouve. Eu não ia te botar nessa onda aí, por causa da tua falecida mãe, que Deus a tenha. Ela foi muito amiga da Carmen, minha mulher, e pediu muito pra gente te proteger. Por isso eu não queria contar. Mas o pessoal tem comentado bem sobre ti. Todo mundo gosta, principalmente, que tu és de confiança. Depois, já estás bem adulto e já podes saber dos lances que correm por aqui. Vou te contar um segredo. Algo que começa aqui na loja e fica aqui, entendes? Segredo de negócio. Não é fofoca, mexerico. Assunto sério. Segredo, entendes? Coisa de macho pra macho. Depois de ontem, acho que posso confiar em ti. Posso confiar, Gil? Pode. Seguinte: tu sabes que a crise no país é grande e não dá pra gente manter uma loja dessas sem vender muitos carros, né? Sei. As vendas estão péssimas. Então eu faturo por fora, pra garantir o salário e o leite dos filhos de todos. De dois em dois meses, um chegado meu, não, eu te apresentei ele ontem, o Wla. O deputado Wla Posta me dá uma parada dada, sobre um caminhão-cegonha que vem pela estrada trazendo carros zerados, entendes? Só que a gente vai pra lá pra estrada, ali por São Miguel do Pará, e desvia o caminhão, ou se o motora para no posto pra lanchar a gente rouba. E o motora? Que é que tem? Faz o que com ele? Alguns já vêm com o problema resolvido, entendes? Mas quando não é assim, bem, a gente dá um jeito. E leva pra onde? Os carros? Tu vais ver. Tem um terreno meu ali no retão de Santa Maria, entra em um desvio e chega. A gente guarda lá, sacaste? E vende como? Tenho meus fregueses no interior. Raspa o número do chassi, às vezes até troco a cor, vendo baratinho e fico com o dinheiro. Dou um pedaço pra galera e todo mundo fica feliz. Entendeste? Queres entrar nessa? Agora não podes sair porque te contei o lance. Tu vais com a gente, mas nada de pegar em arma. Vais somente pra olhar, assuntar, apreciar. Não te mete a fodão sem saber o que estás fazendo. Vais ficar do meu lado. Pode contar comigo, seu Pontes. Amanhã à noite. Saímos daqui umas seis, depois de fechar. Vais no meu carro, comigo.

Gio avisou Zazá. Ia sair com os amigos da loja. Tá bom. Pode deixar que eu faço as contas da boate.

Foram em comboio. Saraiva ao telefone. Porra, ele tá falando com o motora, tá tudo combinado. Chega no Restaurante Justo Chermont, logo antes de São Miguel, em meia hora. Chegamos antes e nos abicoramos. Estavam calmos. Aquilo era normal. Gio suava. Coração batendo forte. Viu quando o caminhão chegou e estacionou. O motorista desceu e entrou no restaurante. Esperaram mais dez minutos. Jorge Alberto na frente. Manobrou o caminhão e voltou para a estrada. Vamos. Saíram atrás. Mas, se era tão fácil, pra que toda a turma? Te acalma, moleque. No retão de Santa Maria, entraram em uma pinguela. Breu total. Um portão. Entraram. Saltaram. Só mato. Aquele friozinho gostoso, úmido, da noite. Seu Pontes foi até adiante e apertou alguma coisa. Gio assustou-se. A terra mexeu? Um portão abriu. Portão enorme. Havia terra por cima, disfarçando. Tentava ver melhor por conta da escuridão. Vamos, galera. Gil, vem cá. Seu Pontes o levou, descendo uma rampa até uma garagem enorme, cavada na terra, subterrânea. Que ideia! Guardamos os carros aqui. Quando cada um é vendido, marcamos um local despintado pra entregar. Ou entregamos a domicílio. Não tem risco de algum guarda rodoviário? Que risco? E lá tem lei nessa terra, Gil? Fica frio. E o motora lá no restaurante de São Miguel? Ele vai dar falta, fazer um BO, a polícia investiga, quer dizer, faz que investiga, o seguro paga e fica todo mundo bem. Mas o senhor falou que nem sempre é parada dada. É, nem sempre. E aí? Aí outro dia tu vais saber. Sabes dirigir? Manobrar? Então ajuda a descer esses carros e estacionar pra gente voltar logo pra casa. E o cegonha? Os cavalos de aço a gente guarda e vende. A armação do cegonha a gente desarma, guarda, vende como ferro-velho. Essa terra é muito grande. Não dá pra ninguém fiscalizar. Agora tem o seguinte: é coisa nossa. Segredo. Fica entre nós.

Chegou bem tarde. Deitou-se e ficou pensando como era fácil para alguns a riqueza, a ostentação. Um dia ele seria rico também.

PAULO

ATRAVESSOU O PÁTIO COM SOL A PINO, na hora do recreio, e chegou até ela, que estava com mais três amigas rindo de alguma coisa. Paula, pode vir até aqui? Pra quê? Vem aqui, por favor. Ela foi. O que foi, já? Tu não achas muita coincidência eu me chamar Paulo e tu, Paula? Como assim? E eu estar apaixonado. Essa flor é pra ti. As meninas, atrás, caem na risada. Paula olha para a flor e sai correndo, com as amigas, rindo. Paulo no meio do pátio, flor na mão. Ouve risadas. Joga no chão e pisa. Recupera o moral. Afinal, era um dos rapazes mais disputados naquela escola. Nas olimpíadas, participava de vários esportes e era ovacionado por seu fã-clube. No desfile do Dia da Raça, ia com a bandeira do Brasil à frente dos alunos. Voltou até onde estavam seus amigos. Porra, cara, tremendo pau na testa, não? Quem não arrisca não sai do lugar, mano. Eu fui lá e encarei. Mas, sabe, ela ficou branca de medo, é muito garota ainda. Eu volto lá outra hora e consigo. Essa Paula é minha e de mais ninguém. Pode avisar pra qualquer mané aí que quem se meter a engraçado vai levar ferro. Pode avisar.

Não foi a primeira vez. Mais adiantado, estudando para o vestibular, Paulo ia fazer para direito, com o objetivo de depois passar no concurso para a polícia, seu grande sonho. Até então, era tão focado nos estudos que os colegas até tiravam brincadeiras com ele. Paulo, tu és ou não és fresco? Mostrava o punho e todos riam.

As brigas na hora da saída, ganhava todas, aproveitando seu físico e sua altura. Mas, quando viu Paula, se entregou. Pensava nela, escrevia declarações, mirava na hora da chegada, manhã cedo, recreio e saída. Ela não dava bola. Morava a alguns poucos quarteirões de sua casa, com a mãe. O pai, delegado de Polícia Civil, falecera em um embate com foras da lei. Pensão baixa, mas todos se viravam. A mãe costurava para fora e ele dava aulas de reforço de português. Poxa, Paula bem que podia ser sua aluna. Tinha dificuldades na matéria. Em matemática, ele sabia, ela era gênio. Ah, se ela pudesse ser sua aluna... Uma colega dela contou. Festa no Pará Clube? Vão todas? Nenhuma tem namorado? O pai de uma vai deixar e buscar. Festa. O clube estava cheio. Galera jogando futebol, vôlei, gente em volta da piscina, um auê. Na boate, som para dançar. Dava de tudo. Caçadores, inexperientes, sonhadores. Jovens. Lá estava ela, reluzindo, brilhando, cabelo cor de ouro, olhos negros, não tão alta quanto ele, mas não precisaria usar salto alto para dar beijos em sua boca. Ficou observando. De repente, novidade, o DJ começou a tocar músicas lentas. Destemido, foi até lá. Paula, vamos dançar? Ela olhou surpresa. Armou o não. As amigas quase a empurraram. Percebeu que era uma "casinha", todas estavam mancomunadas com ele. Foi. Dançaram. Paulo, coração aos saltos. Primeiro reequilibrou a respiração. Depois trouxe o corpo dela mais próximo. Sentiu o perfume nos cabelos, fechou os olhos e achou que era o grande momento de sua vida. Ia começar outra. Estou cansada. Vamos parar. Paula, por favor. Quero parar, tá? Escuta, a gente podia conversar um pouco lá fora? Só um minuto, eu prometo. Vamos? Olha, cara, eu não estou interessada em ti, tá? Se estivesse, tu já saberias. Obrigado pela dança. Té.

Saiu cabisbaixo do salão. Olhou de volta e ela fazia cara de emburrada para as amigas. Quase tropeçou na calçada. Saiu da boate direto para a rua. Parou no boteco da esquina. Sua mãe foi buscá-lo de manhã cedo e o carregou para casa. Bebeu todas. Isso passa, meu filho. Isso vai passar. Não vai passar, minha mãe. Não vai passar.

DELEGADO ROGÉRIO

CHEGOU AO PLANTÃO DE CARA AMARRADA. Não gostava de acordar cedo. Já havia uma ordem para ir à esquina da Primeiro de Março com Riachuelo. Alguém morto, sei lá. Carro prata? Ainda não sei. Vai lá, por favor. Que saco! Os caras terminam o plantão noturno e sobra pra quem pega de manhã. Tem viatura pra ir? Porra, mermão, dá um pulo porque é daqui a dois quarteirões. Ainda é cedo, tu já estás com preguiça.

O corpo estava na lateral do antigo Teatro Cuíra. Havia crackeiros e putas ao redor. Afasta aí. Polícia. Fedendo? Bala? Não. A garganta aberta como boca de jacaré. Sangrou por inteiro. Há quanto tempo? O corpo já soltava alguns gases. Talvez umas cinco horas atrás. Algumas juntas endurecendo. Formigas enormes se adiantavam aos tapurus. Alguém sabe quem era? Era o Marquinhos, vivia por aqui. Era do crack? Era. Alguém sabe alguma coisa? Não. Tava deserto. Tava todo mundo lá na esquina da Padre Prudêncio. Ele dormia aqui. Olhou em volta procurando alguma câmera. Ele devia alguma coisa? Quem não deve por aqui, seu delegado? O senhor é novo por aqui? Sou. E era de onde? Trabalhei em Novo Repartimento. Onde é isso? Não interessa. Ligou. Zózimo, é crackeiro fodido. Alguém quase degolou o cara. Abriu uma boca de jacaré na garganta. Foi há umas cinco horas, acho. Tá fedendo. O cara defecou fazendo força pra escapar. Não sei com o que foi. Dá pra requisitar a autópsia? Porra, acho que é importante, cara. Tá, quer dizer que, se fosse alguém melhorzinho, tinha autópsia e os caralhos? Em Novo Repartimento não tinha, mas havia pelo menos boa vontade, porra. Tá bom. Tá. Eu sei. Na boa. Vou circular e fazer perguntas. Mas chama o IML pra remover. Não, não tem documentos. Sim, havia uma câmera bem na esquina. Será que filmou? Muito fechado o ângulo. Mas, sabe lá, talvez desse pra ver o assassino chegando. Vou fazer a requisição das imagens. Na direção da Aristides Lobo, nada de câmera. Na direção da General Gurjão, uma câmera de um banco. Chegou a namorada do cara, gritando, fazendo redemoinho. Eu sei que ele não era nenhum anjo, mas ele era o meu querido! Afastou-se. Foi até o banco. Perguntou. A agência era nova ali. Anteriormente era um banco também. Ainda não haviam providenciado tudo. A câmera não estava funcionando. Na saída, percebeu uma garagem de esquina. Sabe lá? O atendente veio logo. Cinco reais por duas horas. Não é isso. Delegado Rogério Passos. Mostrou a carteira. O atendente recuou. Identificação de polícia é foda. Alguém sabe alguma coisa sobre o assassinato ali na frente? Não. Eu pego às seis, já tava lá o bagulho. Tem alguém que fica na noite? Tem. O Testa. Testa? Teodoro, mas todo mundo chama de Testa. A que horas ele chega? Às seis da tarde. Está bem. Voltou e ficou ao lado do corpo, para evitar mais enxame, até a chegada do rabecão. A "viúva" lá, inconsolável. Como era o nome dele? Marquinhos de Jesus. Só isso? Só. Tem documentos dele? Não. Nem teus? Não. Aqui só tem fodido, doutor. De onde ele era? Parentes? Ele era do Acará, mas não sei, não, senhor. Nunca vi. Vai pra pedra, e depois enterram como indigente ou dão pra faculdade de medicina estudar. O que ele podia ter feito de mal para ser morto? Magro, esquelético, quase sem dentes, roupas rotas, descalço, sem posses, enfim, devastado pelo crack. Teria uma dívida de quanto? Uns vinte, cinquenta reais? Talvez menos. A vida por aqui não vale nada. Quis a vida inteira sair de Novo

Repartimento e chegar à cidade grande. Valéria, a mulher, estava grávida. Tudo dava certo. Faltava um grande caso para ele despontar e fazer seu nome. Quem sabe? Foi. Nem viu a bagana de Rothmans na vala.

NOVENA

TIVE QUE ME ADAPTAR. Os encontros com Bronco tinham horário variado. Dependia de sua agenda. Paciência. Eu era o interessado. Fim da tarde, na frente do Cinema Olímpia. Fala, garoto. Hoje vamos dar um passeio. É? Já foste alguma vez à Novena de Nossa Senhora do Perpétuo Socorro? Fui, mas faz tanto tempo que nem lembro. Isso não é bom. És católico, não? Sou. Católico que se preza vai à igreja. É, mas não sou tão católico assim. Porra, mermão, ou é, ou não é. Eu sou. É pra lá que vamos. Escuta, aquilo não é território perigoso pra ti? É. Claro que é. Custa caro. Concessões. Fico protegido. Mas não dou vacilo. Estás vendo esses motoqueiros? São meus. Tem mais um carro aí atrás. Não pode dar mole. Não. Vais descer antes e chegas andando. É melhor pra ti. Igreja lotada. Engarrafamento. Rua sem calçada. Pedestres e carros misturados com caminhões e carroças. Fiquei lá no fundo. O Bronco bem na frente. Aproveitei a multidão e me movi. Talvez exagere, mas havia uma proteção para ele. Sei lá, acho que sim. Como foi combinado, antes de terminar já estava dentro do carro. Ele chegou. Rezaste? Vais resolver voltar a frequentar igreja? Ah, isso não sei, não. Tenho minhas questões com os padres. Tu és dessa turma de intelectualoides que acha defeito em Jesus Cristo, é? Não, Bronco, não é por aí. É coisa mais difícil de explicar. Agora, me conta: como tu conheceste o Gil?

O dr. Marollo avisou que o rapaz ia procurar. Quando olhei, reconheci. Conheço todo mundo daquela área. Mães, pais e filhos, mesmo que os pais não reconheçam. Ele tava enrabichado com a Zazá, a anã da Paraíso Perdido. Isso eu já sei. Fiquei desconfiado, mas o doutor, quando gostava de uma pessoa, apostava. Ele achava que tinha esse poder de perceber quem prestava ou não. E o Gil prestava? O Gil era como eu, tu, o doutor, enfim, ser humano. E tu sabes, o ser humano é cheio de defeitos. Faz tudo certinho, mas pode contar que alguma coisa está fora do lugar. Mas o que deu merda, mesmo, foi quando chegou a Paula. Mas isso fica pra outra vez. Pode me deixar ali na Dr. Morais? Na Livraria Fox? Deixo. Já vais te encontrar com os intelectuais? Porra, Bronco, não encarna. E agora, quando? Te aviso.

PAULA

NAQUELA MANHÁ DE SÁBADO, d. Floriana estava com o cão no corpo. Falava alto, cheia de queixas, administrando punições e ameaças para todos na casa. Era muito atarefada, d. Floriana, costurando para fora até tarde da noite, lavando, passando, cozinhando, sem marido e com o pai e a filha para cuidar. Bateu e entrou no quarto. Minha filha, não é possível ficar socada o sábado inteiro em casa. Se pelo menos fizesse a cama e passasse uma vassoura! Alguém precisa me ajudar! Depois vocês dizem que eu vivo atacada! Quero ver aguentar o que eu passo! Deus me botou nesse mundo só pra sofrer! Minha filha, o sábado está ensolarado, o que é que uma adolescente bonita faz em casa trancada? Ah, mãe, não enche! Não enche? Na tua idade, eu estava rodeada de amigas e, olha, principalmente de pretendentes, viste? A senhora, com pretendentes? Tá, tu podes rir de mim, mas eu fui muito bonita. Quando teu pai, aquele maldito, me levava pra festa do Rubi, a gente dançava e todo mundo olhava. O problema é que ele olhava pra todas as outras moças. Mas eu vivia cercada. Coisa de juventude. Não era uma mosca-morta que nem tu. Papai! Papai! Já sei. Vou resolver os problemas de uma vez! Papai! Minha filha, não se preocupe, não fique encrespada, eu já estou saindo e nem tenho hora pra voltar. Mas quando, já? Tem hora pra tomar remédio, sim, senhor, o que o senhor está pensando?

Desde quando o senhor se manda? E olha, papai, por favor, o senhor não me bota bebida na boca, viu? O médico já falou que o senhor pode ir de uma hora pra outra. Minha filha, todos nós podemos ir de uma hora pra outra. Mas hoje, pai, tu vais levar a Paula contigo. A Paula? Mas eu não posso ficar responsável, vou jogar o meu pôquer com os amigos... É lá no Uberabinha, é? Claro, tu sabes, todo sábado... Mas ela vai. Ela vai contigo porque aqui, socada no quarto, ela não fica. Ah, mãe! Bota uma roupa decente e vai com teu avô. Saiu batendo os pés. Os dois batendo os pés. Seu Henrique sabendo que não poderia proferir seus palavrões preferidos por conta da neta, e a neta sem saber o que iria fazer nesse tal de Uberabinha.

Entraram naquele prédio envelhecido, faltando reformar, pintar, remendar, ajeitar. Ao centro de pequeno salão estava uma mesa, já com algumas garrafas de cerveja e amigos sentados. A todos apresentou a neta, que recebeu afagos e elogios, alguns gulosos, diga-se, e já foi engatando bate-papo. Paula falou com todos, a cara emburrada, e foi circular pelo prédio. Pediu refrigerante, pra botar na conta do avô. Foi lá fora, comprou um Mentos, olhou o trânsito, pessoas passando, que saco! Voltou à roda de pôquer. Assistiu. Foi olhando o jogo de uns e outros. Eles riam. Um deles até mostrou o jogo, comentando, mas a mão procurava a coxa da menina, que se afastou. Paulinha, vai fazer alguma coisa. Tu ficas aqui, à nossa volta, a gente perde a concentração, né? Escuta aqui, vocês me ensinam a jogar? Parece fácil. Não, minha neta, aqui só tem velhinho se divertindo. Vai inventar outra coisa. Eu quero jogar. Henrique olhou em volta e os colegas aceitaram, com curiosidade. Então espera acabar essa mão, que a gente ensina.

Tem primeiro os naipes. Quanto vale cada carta. O jogo que ganha pode ser *royal street flush*, que é esse aqui, *street flush*, *four* de ases, *full house*, sequência, dois pares, trinca e pode ganhar até com blefe. Blefe? Sim, você tem um jogo ruim, mas aposta alto e faz o outro pensar que tem jogo alto. A aposta sobe, ele desiste e você ganha com o pouquinho que tem. Não tenho dinheiro, vô, como faço? Deixa, Paulinha, acho que cada um aqui pode dar cinco reais pra ela começar, não?

Paulinha perdeu as primeiras mãos. De repente, ganhou. Perdeu. E começou a ganhar. Ganhou até afubitar todos. Na volta para casa, o avô dizia que eles a deixaram ganhar por causa de sua beleza e porque era sua neta. Paulinha sabia que não. Aquele jogo era pura matemática. Perceber o que estava nas mãos dos outros. O que era descartado. Depois, um exame rápido das feições deles. Estavam velhos, perderam a matreirice. Um piscava demais, outro sorria de aparecer uma covinha no rosto, aquele coçava a cabeça. O avô, superfácil, cofiava o bigode. Lado a lado, amparados. Ele com a boca cheia de Mentos para tirar o hálito de cerveja. Vô, posso jogar na semana que vem?

PRAÇA MAGALHÃES

SEMANA PESADA. UTI LOTADA. Tinha de tudo. Quem está na UTI está em estado grave. A maioria estabilizada. Alguns mais críticos. Um enfarto no miocárdio, dois politraumatismos, caíram da moto, é o mais comum, uma isquemia, a família enchendo o saco e um bebum, com insuficiência hepática, passando para o coma. Ninguém consegue dormir direito. De cinco em cinco, dez em dez minutos, te chamam. O sono é superficial, parece um zumbi. No Guamá estava uma festa. Devia haver ao menos um intensivista para cada dez leitos, agora vai ver quantos tem? Lá no Edenilson Marollo, do dr. Clayton, melhora. É particular. Vou dar uma volta pra espairecer. Sempre fazia isso. Acendia um cigarro. Passava no Miléo para um lanche. Ou na Esther. E procurava vítimas. Já tinha uma. Praça Magalhães, junto da Doca. Ruas estreitas. Há uma casa de recepções, academias e boates. Foi devagar, com luzes apagadas, como um lobo faminto, atento a todos os ruídos, espreitando na escuridão. Pronto, lá estava ele. Hoje foi conversar. Parou o carro bem adiante e veio andando, protegido pelas sombras, prestando atenção em câmeras. Boas! Tudo bem? O homem parecia um rato molhado. Sim, havia caído uma pancada umas duas horas antes. Ouviu os trovões. O homem olhou incomodado. Estava encolhido, embaixo de um banco, protegido por trouxas contendo lixo, que certamente levava permanentemente consigo.

O conteúdo era como uma família. Companhia. O que foi? Hein? Algum problema? Não, nada disso, o senhor me desculpa. Eu ia passando. Então passa, porra. Tô dormindo. Desculpe. Como é seu nome? Pra quê? É da polícia, do serviço social? Dá o fora, porra. Quer um cigarro? Toma, eu acendo. Não tenho nada pra te dar, moço. O senhor está sempre aqui? Ih, agora quer conversar. Está bem, seu... João. Meu nome é João. Olhe, quando eu passar aqui novamente, vou trazer umas roupas pro senhor. Essa chuva, não é?, molha tudo. Pode ser? É. Pode. A gente ainda vai se encontrar, então. Tá bom. Pode ir. Boa noite. Boa noite, seu João. Não quer saber como eu me chamo? Não precisa. Até. Feito. Sentiu ânsias de atacar ali mesmo, quando ele respondia de mau humor. A respiração forte, mas dominou. A conversa foi quase um gozo. A vítima indefesa, ali, provocando. Mas a cautela sempre fez a diferença. Já fazia quase um ano que não matava. Agora, dirigia ainda tenso, com um desejo acumulado e um gosto amargo na boca. Chegou em casa e a mulher ainda dormia. Tomou um banho quente. Tentou esquecer todos os doentes, as preocupações e os riscos. Cumpriu seu horário. Ninguém morreu. Relatórios preenchidos. Deitado, olhos abertos, coração batendo forte, uma ereção, a garganta abrindo. Mulher chata. Bem que podia rolar um sexo básico, para botar pra fora. Foi ao banheiro. Sentou-se no vaso e masturbou-se. Na cabeça, a vítima, os olhos esgazeados, vermelhos, os intestinos liberados, o desespero pela vida que se esvai. Gozou.

No dia seguinte, de folga, levou mulher e filha à Assembleia Paraense. *Scotch*, tira-gosto, meninas bonitas passando e o mais completo silêncio na mesa. Não se comunicavam mais. Dormiu cedo. Plantão no Marollo. O hospital não é tão próximo à Praça Magalhães. Ao menos o tratamento é melhor. Quem está ali é porque pode pagar. Emendou com plantão no Guamá, barra-pesada, noite difícil, sem espaço. E aquele nó na garganta. Precisou se esforçar para manter a concentração. Às vezes pensava em aliviar alguns pacientes. Vão morrer, sem dúvida. Ficam postergando, entubando, fazendo a pessoa sofrer. Até a família está desgastada. Bastava uma ampola de 10 ml de cloreto de potássio direto na veia. Parada cardíaca, causa indetectável na necrópsia. Mas não. Folgou. Passou o fim de semana dormindo. Sono atrasado. Então, de domingo para segunda, avisou que ia sair para fazer um lanche. Todos estabilizados. Qualquer coisa, ligavam. Estava próximo. Entrou no carro com os relés de alarme ligados. Uma campainha em seu ouvido apitava. Uma sensação maravilhosa. Estacionou. Cidade dormindo, cansada do domingo solar. Olhou de longe. Seu João estava lá. Será? Estava escuro. Acendeu um cigarro. Foi andando, pelas sombras, como a fera dedicada à caça. Olhou em volta. Aguardou. Silêncio. Sim. Encolhido com seus lixos amigos. Boa noite, seu João! Que porr... Agachou-se e passou o fio cirúrgico no pescoço. Seu João era mais baixo e fraco. Nem lutou tanto. Cagou, mas foi só água, pouco. Ele que se esporrou todo ao sentir aquele corpo amolecer, a alma fugir. Cheiro de sangue, esperma, merda. Resfolegante, olhou em volta, empurrou seu João para baixo do banco e saiu. Acendeu um Rothmans. Foi. No carro, deu partida e foi até a Esther, no Jurunas, respirar. Vidros abertos. Vento. No carro tinha guardanapo. Fez uma limpeza. Estava de jeans grosso. Não dava para ver nada molhado. Esperou parar de tremer. Dá um X egg, por favor, e uma Coca zero. Que sensação boa! Levinho, levinho.

Na manhã de segunda, o delegado Rogério de plantão. Nem era coincidência. Turno de trabalho mesmo. Ninguém viu, ninguém sabe, o cara era um mendigo, um fodido, um velhinho, coitado, não fazia mal pra ninguém. Agora tem uma boca de jacaré na garganta. Zózimo, escuta, tu lembras daquele também boca de jacaré, lá na zona? No ano passado, sei lá, porra, mas também o IML nem examinou. É que o corte é muito fino, preciso, sabe? O camburão está chegando. Até. Volto praí. Rogério maldisse a vida e saiu. Mais um crime próximo à DP do Comércio. Pensando, olhando para o chão, viu aquela bagana com uma faixa dourada em volta do filtro. Recente. Nem está molhada. Hum. Guardou no bolso.

PAULA E SAMUCA

PAULA AGORA TEM UM SÓCIO. Samuca. O pai é judeu. A mãe, não. Samuel é só um nome. Samuca não é nada. Ele joga. Aposta. É esse seu trabalho. Procurar um tolo para tirar dinheiro. Aposta no bicho. Vai até uma rinha na Lomas apostar nos galos. Aposta quem bebe mais cachaça, no bar. Samuca circula. Num sábado quente foi dar uma passada de pano no Uberabinha, que frequentava às quintas, e viu Paula. Ela brincava com os velhinhos no pôquer. E limpava os coitados. Não tinha pena nem do avô. Samuca cheira o dinheiro longe. Quando todos saíram, chegou junto ao velhinho, cheio de respeito e mesura. Se ele topava aparecer na quinta-feira à noite, no clube, mas tinha de trazer a Paulinha. Não dá, meu filho. A mãe não deixa e eu já tenho uma certa idade, não enxergo bem à noite. Muito obrigado. Prazer em... E se eu oferecer mil reais, só pra vocês virem na quinta e a Paulinha jogar? Mando carro lhe apanhar e lhe deixar. Mas por que esse interesse, já, na menina? É uma mocinha, adolescente, o senhor não... Absolutamente, seu Cosme. Cosme, não é? Absolutamente. O maior respeito. É que a menina joga muito, seu Cosme, e eu queria que ela desse um susto no pessoal que joga comigo. Eles acham que são os maiorais e vão se assustar quando a Paulinha limpar a mesa. Mil reais? É. Trocadinho. Na mão. Tem de falar com a mãe dela, sabe? Se o senhor quiser eu vou até lá com vocês. Não precisa. Paula? Oi.

Este senhor aqui... Como é mesmo seu nome? Samuel, mas todos me chamam de Samuca. Eu sou a Paula. Paulinha, você joga muito bem, sabe? É só de brincadeira. Pois é, e eu jogo aqui na quinta de noite, sabe? Os caras acham que são os maiorais e eu quero que eles levem um susto contigo, tá? Mando carro apanhar você e seu avô e deixar de novo. E ainda te pago mil reais. Mil reais? E o jogo? Tá bom, você fica com quanto ganhar também. É uma experiência, tá? Bom, se a mamãe deixar... Mas, olha, o senhor sabe o que está fazendo, né? Depois eu perco tudo e o senhor fica no prejó. Me chame de Samuca, Paulinha. Samuca. E deixe comigo que eu sei onde faço reza, menina. Me dá o seu telefone. Eu ligo amanhã pra saber. Precisam de alguma carona? Não, nós moramos aqui próximo, dobrando a esquina é um pulo.

Samuca apostou alto. Uma menina linda e boa de pôquer não se acha assim. Deu sorte. Ia dar certo. Mas precisava ensinar alguns macetes, porque na quinta havia uma arena de leões aguardando, não aqueles leões velhos e desdentados do sábado.

Deu certo. Paula tinha sangue de matadora. Gostava da competição. Samuca foi transmitindo informações. Olhe bem seus oponentes. Fique atenta aos movimentos. Olhos, nariz, boca. Se coça a cabeça. Teve um filme do 007, sabe aquele, James Bond? Pois é, o cara jogou com o 007, e esse sabia que o cara lagrimava quando tinha jogo ruim. O 007 pediu mesa e perdeu. Ficou doido. Perdeu um milhão de, sei lá, dólares, moeda europeia. E era dinheiro da rainha. O cara sabia do 007 e lagrimou com carta boa! Presta atenção. O resto tu sabes, como a sequência de previsão, o que cada um tem na mão. Tá? Firme? E trapaceiros? Conheço alguns. Nas mesas em que nós vamos jogar, não cabe. Barra limpa. Tudo nos trinques. No fim da noite, o avô dormindo jogado num canto, Paula faturou mais mil reais. Gostaste? Bom dinheiro, né? Agora tem uma coisa. A gente pode virar sócio. Mas é 50% e 50%. *Fifty fifty?* Quê? Ah, tá. Mas... Não. Não teve "mas" nenhum. Acordou o avô. Acordou a mãe. A vida mudou. Saiu do colégio. Reformou a casa. Comprou carro. Ela e Samuca. Malandro, ele a respeitou. Pensava mais no dinheiro. E qualquer dúvida, insinuação, entrava o malandro da Pedreira na área. Tudo certo. Paula não dava bola para paquera. Era uma moça linda, virando mulher, e atraía os olhares. Usava esse magnetismo para sobrepujar os oponentes. Queria dinheiro. Queria melhorar. O melhor para ela, a mãe e o avô. Quarta-feira era no começo da Riachuelo, casinha miúda, mas com uma mesa boa, no fundo. Jogava no Twist, na BR, entrando em um desvio. Casa de prostituição, mas no segundo andar de vez em quando pintavam uns bacanas. Paula agora era jogadora de pôquer.

PAULA E PAULO

PAULA? OI! PAULA GIROU e deu de cara com Paulo. Há quanto tempo, menina! Poxa, saudades de vocês todos. Fiz vestibular, formei em direito, concurso pra Polícia Civil e agora sou delegado, tá? Que bom, é... Paulo, não é isso? Sim. Ainda moras na mesma casa? Eu passo lá em frente e tá diferente. Não moro mais lá. Também saí do colégio. Saíste? E agora? Agora tenho um trabalho. Trabalhas em quê? Em vendas, está tudo bem. Prazer em te... Estás com pressa, Paula? A gente podia sentar ali e conver... Desculpa, tenho compromisso. Foi bom te ver. Esticou o rosto para um beijo, mas veio apenas a mão para apertar. Saiu toc-toc com seus *stilletos*. Paulo olhou em volta, pensando naquele encontro. Aquela mulher veio despertar algo que ele pensava adormecido, domado, dentro de si. Quantas vezes passou em frente à casa, sei lá, ela podia estar em frente, saindo ou entrando. E havia os estudos. Aluno de colégio público precisa ser muito bom para passar em vestibular, concursos e tal. Aquela mulher, já ao fundo, era o amor da sua vida. Amor platônico. Tá certo isso? Enquanto as meninas da Seccional se arrastavam à sua frente, querendo um passeio, um beijo, quem sabe, até uma "ficada", ele se mantinha preso àquela menina, agora mulher. Lembrou-se das dificuldades em um *flash*. Vestibular, a careca, os estudos, livros caros, estágio obrigatório. O escritório o convidou para ficar após a colação, mas o sonho era a Polícia. Foi até o boteco em que estavam os colegas, festejando um aniversário. Ficou calado. Passava em sua mente, em câmera lenta, o giro de Paula. Aquele sorriso *fake*, até isso a deixava bonita. Fazendo de conta que nem lembrava seu nome. Idiotinha. Paula. Devia ter insistido. Não, vamos um instante só, sei lá. Foda. Às vezes as chances passam na nossa frente e deixamos escapar. E justo a mulher da minha vida! Ei, leso? Paulo! Hein? Tá no mundo da lua? Desculpa aí, gente. O que estamos falando? Porra, te liga. É o seguinte. Aquela parada vai ser amanhã de noite. Trabalho de equipe. Vamos fazer uma casinha praquele cara da Pontes Automóveis, mas não pode vazar. O dr. Márcio é todo reticente, o cara tem as costas quentes e tal, mas, porra, os caras são bandidos, meu. É parada dada. Neguinho de Brasília, deputado, dá a letra. Vem o caminhão-cegonha. O Pontes recebe o aviso. O motora tá na jogada. Ele vai com a turma e assalta. Leva os carros pra ele, desmonta, enterra, queima, sei lá, o cegonha, e vende com o número raspado. Fatura alto. Mas vende pra quem? Isso vamos saber. O Guedes acha que é pro interior. E o motora? O motora presta queixa, faz BO, vem o seguro e a briga vai pra outro lugar. E esse Pontes, todo mundo se dá bem no rachachá. E quando é que vai ser isso? Amanhã. De noite. O que a gente faz? Os caras saem da sede da empresa, ali no Telégrafo. A gente se abicora e vai seguindo. Vocês aguardam na barreira. É sempre na Belém-Brasília, várias vezes perto de São Miguel do Guamá. A gente espera pra dar o flagra. Depois vai pra galera, pros aplausos. Porra, a seguradora pode até dar um agrado pra cada um. Isso discretamente, porque é tudo direito, vocês sabem. Tamo dentro? Vamos nessa? Não quero ninguém pra bater fofo, legal? Todos com armamento, claro. Passa no posto e bota gasolina. Vamos rodar hoje, cara. Vai ser bom. Quero ver neguinho assustado, caindo do pedestal, com algemas. Alguém aí pega o telefone daquele repórter, o Urubu, e depois de presos dá a letra pra ele botar quente na mídia. Aqui é a Civil, caralho!

PAULO E GIL

PARA GIL, TUDO ERA ALEGRIA. Estava com os colegas. Um passeio. Manobravam os carros, metiam na garagem e acabou. Uma pila no bolso pra cada um, assim, do nada e pelo silêncio. Mais tarde, 35% da renda obtida era dividida. O Pontes não queria ninguém insatisfeito, dando com a língua nos dentes. A ida era uma farra, todos conversando alto. Pararam já próximo a São Miguel do Guamá, como sempre, aguardando a passagem. O cegonha passou direto. Ué, que merda é essa? O motora não parou para lanchar. Ih, deu chabu. Vamos atrás. Nem sinal. Alguém viu a placa do Balneário Paraíso. Entrou aqui. Puta que pariu, Paraíso, aqui nesse cu do mundo. Bora! O motora estava se escondendo. Botou o cegonha atrás de umas árvores. Calma que tem gente aí que pode dar alarme. A essa hora? Tô ouvindo barulho de vozes.

A polícia também estava na mutuca, acompanhando tudo. Pararam lá na boca da estrada. Guedes e Paulo na frente, e, quando for pra dar o bote, faz sinal com a lanterna.

Pontes estava nervoso. Não estava acostumado a correr riscos. Era tudo sempre tranquilo. Para isso, pagava bem a todos os envolvidos. Ficou abicorado atrás de uma árvore.

É só um bebum com duas putas, todos caindo de bêbados. Olha o cara, lá no balcão, com o dono. São amigos. Vão vocês aí, entrem, vão lá como se fossem clientes e prendam os dois que a gente entra. Moura e Periquito ligaram os faróis do carro e entraram na área. Estacionaram, foram andando lentamente até o balcão de venda de bebidas. De cabeça baixa, não revelavam, na postura, qualquer ameaça. Boas noites. Periquito botou a mão no cabo do revólver. Aí, motora, tu passou batido no ponto de encontro, qual é, mermão? Não te conheço, cabra. O que foi já? Olha aqui, não quero confusão no meu estabelecimento. Tem fregueses. Cala a boca, velho porco. Quer levar uma bala na fuça? E tu, vem conosco. Moura, fica aí com o velho até a gente se mandar. Ir pra onde? Eu é que não vou. O motora levou uma coronhada que abriu o supercílio. Que isso, homem? Que isso, homem? Que isso um caralho. Vai na frente. Tô doido pra te passar na bala! Dá a chave do caminhão. Bora, porra! Foram andando e entrou toda a turma.

Guedes falou ao celular. Eles pegaram o motorista. Estão manobrando o cegonha. Vão sair? Vão. Sai todo mundo. Vamos esperar sair e seguir pra ver onde vai dar.

Nem escutaram o tiro que o Moura deu na têmpora do dono do Paraíso. Tu vai é pro inferno, velho porco. Os bêbados estavam era fodendo na piscina àquela hora da noite. Nem deram pelota. Chegaram ao sítio da garagem. Seu Pontes, e esse motora? Porra, isso vai ser foda. Periquito, some com esse cara, tá? Ah, Gil, vai com ele, vai. A gente tá com pressa. Acionou a engrenagem da garagem subterrânea.

Andaram rápido para fora da área descoberta. Entraram no mato. Os olhos acostumados à escuridão. Homem, não faça isso. Onde é que estamos indo? Faz um movimento de correr. Periquito dá um chute e ele cai. Vamos, caralho. Aqui está bom.

Gil, o Pontes me disse que tu vais fazer o serviço. Eu? Pega o revólver. Atira, caralho. Não faça isso, homem. Tenho mulher e filhos pra criar. Atira, moleque! Ou vai gelar agora, hein? Pelo amor de Deus, homem, faz isso, não! Três tiros secos e Gio começou a vomitar. Pedaços de cérebro se espalharam em seu rosto e camisa. Porra, sacana. Agora viraste macho, porra. Vamos botar ele no buraco. Depois tu te limpas e a gente dá no pé. Barulho. Gritos. Polícia! Dois tiros. Três. Por aqui. Deixaram o motora agonizante. Se embrenharam no mato. De manhã cedo, ousaram pegar a estrada e fazer sinal para um ônibus. Periquito foi para um motel do Pontes, ali em Castanhal, ficar escondido. Gio foi para casa. Zazá se assustou. O que foi? Todo arranhado, rasgado. Onde tu te meteste? Deu merda, Zá. Deu merda. Polícia apareceu. Não sei dos outros. Eu e o outro fugimos. Não contou do assassinato. Preciso ficar escondido, sem botar a cara lá fora, sabe? Quebra o galho esses dias na boate, tá? Olha o que tu andas aprontando, viste? Vai logo tomar banho e vem comer alguma coisa. Não conseguia dormir. Na cama, ainda tremia quando lembrava. Debaixo das unhas ainda havia terra e um cheiro ruim que não o deixava pegar no sono. Não sonhou. Acordou com a boca seca. Nas mãos, cheiro de mato. No criado-mudo, um bilhete: "Bobão, estou grávida".

POLÍCIA CIVIL

CHEGARAM RADIANTES À SECCIONAL, com os prisioneiros. O Guedes ficou comandando a turma, lá na garagem. Que descoberta! Isso vai dar matéria na TV, porra. Ninguém tinha sono. Todos alertas e felizes. Mandaram trancar os meliantes. Depois a gente interroga. A equipe precisa dormir. O Pontes pediu para dar um telefonema. Estavam já em seus carros particulares, no estacionamento, quando vieram chamar. O delegado está chamando. Todos? Todos. Olha aqui, pra todos vocês, vão se foder! Vão se foder! Todos vocês. Quem deu ordem? Que negócio é esse de achar que têm pista livre pra fazer o que bem entendem? Quem me explica? Doutor, a gente pegou os caras... Não quero saber! Porra, o cara tem costas quentes. Já ligou pra advogado, que ligou pra mídia, abafando tudo, que ligou pro governador, deputado, caralho. Por isso, chefe! Tem deputado federal na parada! Corrupção do caralho! Os caras estão me arrochando, porra! E eu, que não sabia, atendo o telefone e ainda digo, não senhor, tem alguma coisa errada, eu não autorizei nenhuma operação ontem à noite. Eu lhe garanto! Merda! Caralho! E eu passo por delegado que não tem voz de comando, porra! Vocês não, que são uns bostas, uns paus-mandados. Solta o cara, porra. Mas, doutor... Solta, já mandei. Antes que isso aqui fique cheio de políticos e repórteres e essa merda cheire pior ainda. Puta que pariu, só me faltava essa. E o pessoal que tá lá no sítio da garagem? Sítio da garagem? E eu lá quero saber? Solta, caralho. Agora. Já.

O Pontes saiu fazendo cara de tô nem aí. Chegaram à sede. Pra mim, acabou. Seu Pontes, o senhor está coberto, tem costas quentes. Não pega nada. Não, tenho família. Se uma merda dessas vai pro jornal, tô fodido. Vocês fiquem com esses carros aí pra vender e dividam. Vou sumir. E o sítio? Fica fechado. Depois eu vejo. Tá certo? Foi justo. Olharam os oito carros à venda. Tudo certo. Pontes se mandou com a família. Tinha dinheiro entocado. Foi viver em outro canto.

REENCONTRO

PASSOU ALGUNS DIAS TRANCADO. Nada. Nos jornais, TV, rádio. Nada. E agora Zazá de barriga. Ele, pai? E lá queria saber? Não havia espaço, em seus projetos, para filho. Zazá era um encontro de interesses. Uma boa mulher. Amor, paixão? Zero. Mas ainda dependia de casa, comida e roupa lavada. Ela fazia que não via suas rápidas aventuras com as meninas da boate. Voltou às ruas de noite. Passava o dia trancado. Saía à noitinha. A boate fechava cedo, onze, meia-noite. Às vezes o embalo ia até de madrugada. Raro.

Era uma noite de quinta chata. Deu no saco. Gio sentia até nojo daquele cheiro de suor misturado com perfume barato e álcool. O som alto e aquelas músicas horrorosas. Aquelas caras de fim de mundo, olhares esgazeados de droga e bebida. Falou para Zazá que ia dar um rolé para respirar um pouco. Na porta da Paraíso Perdido, taxistas e ambulantes, como sempre, arengando sobre Remo e Paysandu. Perguntaram alguma coisa, para puxar o saco. Nem respondeu. Àquela hora, o comércio era deserto. Um ou outro vigilante escutando rádio, algum jogo de futebol perdido por aí. Saiu da Manoel Barata, entrou na Campos Salles e foi descendo. Taí, vou até a beira do Ver-o-Peso. Aquilo tem cheiro de merda, mas é melhor que a boate. Na Quinze de Novembro, alterou a rota e decidiu entrar na Ocidental do

Mercado. Estranhou. A rua cheia de carros estacionados. Cada um mais bacana que o outro. Égua, o que será? Motoristas e seguranças estavam à porta do prédio, antigo, que, ele sabia, havia muito estava vazio. Foi chegando. Um monte de bacana lá dentro, entreviu pela porta encostada. Curiosidade. Aí, cara, o que tá rolando hoje aí dentro? Sai fora. Não é da tua conta. Gio achou que não valia a pena. Saltou de banda. Atravessou o Boulevard e chegou até a beira. Maré alta, vento gostoso, desses que fuma até o cigarro que a gente acende. A Lúcia Torres ainda trabalhando? Chegou na barraca. Todos o conheciam. Porra, tia Lúcia, já passou da hora. Passou nada. Quando tem bacana pagando, não tem hora pra acabar. Que bacana? Não viste ali o babado onde era a Mercearia do Paes Neves? Vi os carros. Cheio de segurança na porta. Estão na maior farra. Carteado da pesada e encomendaram tudo que é bom. Açaí, pirarucu, filhote, os caralhos, meu filho. Eu tô é faturando. Sou mais o dominó ali da Padre Eutíquio com a João Alfredo. Ali o bicho pega mermo. É muita areia pro teu caminhão, Gio. Vai pro dominó que é melhor. Não, hoje não. Vou voltar lá pra Paraíso. Saí pra dar um rolé. Saco cheio daquelas putas e os manés. Saco cheio mas eles é que te enchem o bucho de comida, né? Deixei a Zazá um instante. Já volto. Olha, tu te preparas, porque vai ser pai e a Zazá merece toda a atenção, porque tu sabes...

Voltou e resolveu passar em frente à esquina onde rolava a onda, só para encarar os seguranças. Tinha um bacana na porta, quase careca, o pouco cabelo cheio de creme, camisa chique, sapato sem meia. Porra, eu conheço essa figura. Psiu! Ei, cara. Chamou, seguido do segurança. Fui. Tu não és aquele que arrebentou com meu time naquela noite, no sítio do Pontes? Sou, sim, senhor. Meu nome é Gio. Gil, isso mesmo. Porra, esse filho da puta fez uns três gols, só faltou fazer chover. Joga pra caralho. Até o Júnior, meu filho, levou drible dele. Depois quis dar porrada, o sacana, enjoado como o pai. Mas o Pontes não deixou. Tudo bem contigo? Tá passeando? Trabalho aqui perto. Um bico. Ah, eu também estou de passagem. Com uns amigos viemos de farra brincar um pôquer e comer umas delícias da d. Lúcia, puta que pariu, até agora tô com água na boca. Eu conheço. Ela me falou. A comida é muito boa. Escuta, ôô... Gio. Sim, Gil, gostei de ti. Quando precisares, fala comigo. Toma esse cartão. Tens visto o Pontes? Não. Não trabalho mais lá. Guardou no bolso. Nunca se sabe. Foi fechar o borderô da boate porque a Zazá já não estava boa nas contas, muito enjoada com a gravidez.

MAROLLO

CLAYTON MAROLLO DA SILVA esqueceu o último nome, por popular em demasia. Um oftalmologista de respeito, com pacientes selecionados, não podia ter aquele nome, Clayton da Silva. Estudou muito. Passou no vestibular. Estudou mais ainda, pegou livros emprestados, tirou xerox, comeu o pão que o diabo amassou. Prestes a concluir, pensou em como decolar para uma carreira de sucesso. Sem dinheiro para comprar aparelhos, montar consultório, não queria aceitar ser sócio dos amigos que se ofereceram. Nada de sócios. Vontade demais de crescer. E ambição era tudo o que tinha quando naquele fim de semana em Salinas observou dois SUVs chegando e uma grande turma descer, armar barraca, fazer barulho e circular com copos cheios de uísque. Rapazes e moças parecendo uma família apenas. Namorados, namoradas, casados. Clayton aguardava havia muito por uma chance. Aquela moça não parecia ter qualquer detalhe sedutor. Clayton chegou, fez amizade e se lembrou de Osvaldo, um dos irmãos. Os caras trabalhavam muito na empresa do pai, mas, quando tinham brecha, iam todos encher a cara e rir muito. Ele percebeu algumas menções à moça que tinha visto. Ela parecia mandar muita coisa. Chamou Vavá e perguntou se era sua irmã. Ann Marie? Sim, minha irmã. Queres que eu te apresente? Não, espera aí, sou tímido. Foi o suficiente. Vavá falou alto e começaram o *bullying*, a sacanagem, constrangendo a mulher. Clayton, a princípio, também ficou com o rosto em chamas. Ela se levantou e saiu da roda, aborrecida. Logo as piadas foram em outra direção. Ficou um pouco por ali, sorrindo falso, mas atento. Foi ao encontro de Ann Marie. Com licença, desculpe pelo ocorrido. Eu não tive a... Eu sei que não. São meus irmãos, amigos, namorados de amigas, irmãs, eles vivem mexendo comigo. Ah, tudo em família, então. É. Olha só, eu gostaria de me apresentar, meu nome é Clayton Marollo, sou estudante de medicina, oftalmologia, e gostaria de saber se você aceitaria sair comigo hoje à noite, para conversar. O Osvaldo, que vocês chamam Vavá, me conhece. Fale com ele. Sou pessoa boa. O que me diz? Pode ser? Ann Marie o encarou, mirou seus olhos como quem quer ver o que há dentro daquele corpo. Talvez fosse bom sair e conversar apenas. Havia muito que se fechara no escritório, de onde comandava uma grande empresa de transporte de cargas pelos rios da Amazônia. Muita responsabilidade. Os irmãos trabalhavam, mas tinham tempo para tudo. Ela procurou trabalhar. Primeiro, muito prazer, sou Ann Marie. Lá pelas oito? Onde é a casa?

Roubou de uma casa vazia a maior quantidade de flores, principalmente rosas, e foi. A chegada foi triunfal. Todos achavam graça. A ideia era, realmente, constranger. Ann Marie nem deu bola. Saíram. Clayton era bom com mulheres. Sabia o que dizer. O que ouvir. Com que concordar. Quando percebeu o tamanho da presa, decidiu ancorar. Em seis meses, noivaram e se casaram. Colou grau. Ann Marie montou consultório para o marido no Umarizal. Bonitão, galante e razoável profissional, Clayton foi ganhando fama. Numa tarde, Ann Marie ligou e disse que a prima Vera os havia convidado para jantar com ela e seu esposo, o deputado Wlamir Posta. Combinado? Quem é o cara, mãe? Filho, o cara está com tudo no Congresso. Fizeram acordo com o partido que ele comanda e ele botou no Ministério da Saúde um cupincha dele. Está podre de rico! Vamos? Morava no

Lago Azul, condomínio chique da idade. Casa enorme, terreno gigantesco, árvores, quadras de basquete, campos de futebol, ginásio, a bem dizer, um clube. Somente os dois casais. Tudo do bom e do melhor. Após o jantar foram ao pátio fumar charutos. Dr. Marollo, eu queria... Por favor, Clayton, deputado... Então vamos cessar as formalidades. Me chame de Wla, tá certo? Pois então. Eu sei que você é um profissional de sucesso, com uma carreira ilibada. Um oftalmologista da nova geração. Esta é uma conversa entre familiares, entende? Tudo o que aqui for tratado ficará aqui ou apenas será tocado entre nós quatro, certo? Clayton, eu sou presidente do Partido da Ordem e Progresso, como você sabe. No mundo da política, em Brasília, fazemos muitos acordos para aprovar as leis, porque, naturalmente, cada parlamentar luta para conseguir as melhores verbas para seu estado, não é? Perfeitamente. E agora o POeP está dando as cartas no Ministério da Saúde, um dos mais poderosos do Brasil. Muito bem. Eu tenho acesso a alguns canais de onde tirar verba para ajudar o nosso povo aqui do Pará. São verbas do SUS para a construção de hospitais e, em uma rubrica muito importante, atender às pessoas da melhor idade, as que passaram dos sessenta anos... graças a Deus não é o nosso caso ainda, não é? Claro que não. É um bom dinheiro e eu preciso ter confiança em quem vai administrar isso. Nada melhor que sua esposa, Ann Marie, com seu trabalho elogiadíssimo, e você, com seu ótimo conceito. Como assim? Você vai abrir clínicas para cirurgia da visão, principalmente catarata, que é algo que os pobres não podem pagar. E centros de atendimento aos idosos. Pra começar, tenho pra repassar aqui uma verba de trinta milhões de reais. O que acha? Bem, Wla, eu ainda estou chocado. Não pensei em... Wla, deixa comigo. Eu e minha prima cuidamos disso, quer dizer, mais eu, porque ela está sempre em Brasília com você... Que ótimo, então! Vamos providenciar os contratos, através de licitações planejadas cuidadosamente para beneficiar vocês. Gente em quem eu confio. É claro que desse dinheiro todo haverá uma pequena parte para mim, porque, vocês sabem, político, de quatro em quatro anos, precisa se reeleger, ou então fica no prejuízo... Clayton, deixa que a minha Vera e o pessoal do Ministério cuidam de tudo com a Ann Marie. Vamos apertar as mãos e fazer o melhor para o Brasil!

A ESCALADA

JÁ JÁ É MAIS DE MEIA-NOITE! Ligaram as luzes, vibraram, se abraçaram e choraram. Crianças brigando, correndo. Gente de prato cheio. Secando garrafas. Gente! Gente, por favor! Silêncio! Todos pararam. Alguém começou a dizer discurso, discurso, discurso! Esta reunião agora, que começa um ano novo, é muito especial para mim e meu marido, Clayton. Quero dizer a vocês que, a partir de hoje, me afasto completamente da companhia. Como? Quem? Vou repetir: a partir de hoje, agora, na frente de vocês, estou me desligando da companhia e assumindo apenas a posição de herdeira, de sócia a receber proventos aos finais de exercício. Portanto, de agora em diante, procurem uma nova gestora ou escolham entre vocês aquele que deixará de ter tempo pra malhar, viajar, tomar chá ao fim da tarde, passear com a família, levar os filhos para a escola, como a lesa aqui fez. Está certo? Adeus, sejam felizes.

Montou uma ótima equipe para administrar clínicas e centros de atendimento. Agora, prestes a inaugurar o maior hospital da cidade, com o nome do pai do marido, Edenilson Marollo. Estavam chegando ao topo. Clayton não tinha mais horário para clinicar. Havia as clínicas, os centros, agora a construção. Precisava avaliar tudo, diariamente. Trabalho estressante. E agora ele combatia isso com uísque. Passava o dia com um copo de dois dedos de *scotch*.

Isso lhe dava até uma certa brandura ao lidar com as pessoas, embora, na medida exata, uma estupidez tremenda ocupasse seu corpo. Um dia o convidaram para uma roda de pôquer. Gostou. Perdeu um milhão. Mas aprendeu. Nada de ir à casa dos outros para jogar. Ligou para Éder Lobato, presidente da Assembleia Paraense. Vamos nos encontrar na sede da Presidente Vargas? Queres alugar a boate, salão, é só falar com... Não, é assunto contigo, tá? Qual é a situação do prédio aí do lado, abandonado? Parado, amigo. Tu sabes que isso vem de longe, né? Sei. Mas dá pra gente entrar, sei lá, primeiro, segundo, terceiro andar, por exemplo? Só vendo. Vamos lá? Manda chamar o Perez pra nos levar lá. O segundo andar estava prontinho, mas no cimento. Isso aqui é seguro? Bem, não sei. Afinal, Clayton, o que é que tu queres? Quero comprar isso aqui. Olha, não sei se... Ninguém precisa saber. Só as pessoas certas. Como assim? Não posso, Clayton, porra. Faz que não sabe. Só. E a prefeitura? O prédio não tem habite-se. Pode até cair, sei lá. Não te preocupa. Acabei de fechar contrato com a prefeitura pra atender o povo pobre e idoso. Ele ganhou uma parte e vai também olhar pro outro lado... Vou mandar uns engenheiros aqui pra ver.

ROYAL

ESSE É O NOME DO CASSINO. Orgulhoso, Clayton inaugurou-o com a presença do governador e do prefeito, além do ministro da Saúde, que trouxe consigo outros políticos. Mais do que isso, gente com dinheiro. Com os olhos faiscando pela roleta, bacará e pôquer, lógico. Fora o salão, havia duas salas especiais para o que se chama de roda de pôquer. Jogo no cassino é pôquer bancado. A casa banca. Mas só se senta quem pode. Principalmente à mesa do dr. Marollo. Com ele, as grandes fortunas da cidade. Uma vez veio o sr. Olavia, dono de casa de câmbio ali na João Alfredo. Perdeu dez milhões de reais. Pagou, calado. Voltou um mês depois querendo recuperar. O jogo não gosta disso. O humor do jogo é instável. Ele quer alguém para duelar. Alguém que pense matematicamente, probabilidades, mas principalmente quem encare os adversários e anote, mentalmente, seus mínimos gestos, para dar o bote no momento certo. Dr. Marollo era um *gentleman*. Educado, galanteador, chique, parecia sempre ter acabado de tomar banho, mesmo com o bafo de bebida. Mas, quando se sentava à mesa de pôquer, virava bicho. Não admitia perder. Perdeu mil? Aposta dois mil. E ai se perdesse no fim da noite. Sim, porque uma mesa não pode durar meia hora, três horas. Estamos falando de seis horas, direto, com pequenas pausas para um suculento jantar, com tudo do bom e do melhor, bancado pelo cassino, e idas ao banheiro. Nessa brincadeira, Marollo sustentava umas duzentas famílias entre os empregados. O mais chegado era o Bronco, que começou varrendo o chão de uma sala que Marollo tinha no Twist, um clube de *striptease* lá na BR 314. Lá embaixo, o pau torava, mas, no segundo andar, algumas das fortunas de Belém jogavam. Bronco se afeiçoou e virou quase um segundo, um ouvido para as queixas. Era o chefe dos garçons e daria a vida pelo chefe. Era casado com Auxiliadora. Marollo começou também a descarregar jogo do bicho, outros cassinos menores e *otras cositas* mais, que chegavam aos canais da cidade em barcos maiores que passavam para embarcações menores que enveredavam certo ponto. Mandou fazer uma suíte particular para abater algumas lebres, de vez em quando, geralmente grã-finas que perdiam e não tinham mais crédito para pagar. Bico fechado. Marollo brincava, dizendo que o grande comedor mantém a boca fechada, se me entendem... A frente do Royal dava para a Primeiro de Março. Logo, abaixo, fez parceria para um motel, o Sete Sete. Outro, mais adiante. Coisa rápida, sabe? Sexo básico... Dois estacionamentos guardavam os carrões importados dos barões da cidade. E no Círio? Os barões do bicho no Rio de Janeiro vieram assistir. Tudo pago. Hotéis para eles, familiares e seguranças. Passeios e, claro, jogo. Gorjeta era de cinco mil pro garçom. Estavam em um intervalo. O Nelson Pereira, já bêbado (aliás, como sempre), vai passando e esbarra no Dardim, logo ele, o Dardim, cujo nome verdadeiro era Eduardo Granhém, principal ator do jogo do bicho. Porra, cara, pede desculpa! Desculpa um caralho, porra. Vai te foder. Dardim se levantou, mão no paletó, Clayton pulou e evitou. Porra, Nelson, não fode, né? Vem esculachar meus amigos, porra! Vai, sai, vai pra outro lugar. Agora, porra. Um segurança empurrou o Nelson, que foi saindo. O que poucos viram foi o olhar de Dardim, para seu pistoleiro ir atrás. Na rua, saindo no empurra-empurra, vem chegando o desligado do Pérsio. Fala, Nelsão! Porra, tu já estás bem mamado, né? E eu agora vou chegando. Porra, não te conheço, caralho, vai tomar no cu também! No bolo, ouve-se um tiro. A bala furou a bochecha do Nelson e entrou no meio da testa do Pérsio, que não tinha nada a ver com o papo. O dr. Marollo precisou sustentar a família do Pérsio até os filhos ficarem adultos. Que Círio, hein? Todos os negócios estavam crescendo muito. Difícil para uma pessoa, sozinha, dar conta. Precisava de um gerente confiável, sagaz, inteligente, para lidar com todos os casos. Todos os casos eram especiais, claro. Pelo volume de dinheiro. Pela importância das pessoas na sociedade. Precisava de alguém.

O CHAPÉU DO BARATA

ESSE MOLEQUE FILHO DA PUTA vai ter de casar! Vai aprender a não fazer merda com a filha dos outros. Cadê essa moleca? Te controla. Agora não é hora de forçar a barra. Forçar? Ela arrebentou a barra, porra. A gente tem o maior cuidado, cria como se fosse uma princesinha e vem um filho da puta que bate dez punhetas por dia, viciado em filme pornô, e leva tua filha pra sacanagem. Escuta, ele vai casar? Depois, quando eu não queria ela em festinha, pipoca em Assembleia Paraense, quinze anos e os caralhos, eu era conservador, quadradão, porra, a culpa é tua, Yvonne! É tua filha, é tua área. Não paras em casa. É tanta reunião com um bando de múmias velhas, só pra posar no jornal e dizerem, olha, ainda tô viva! E ainda tem o baralho, que me leva todo o salário! Tu devias prestar mais atenção na tua filha e até em mim, Sérgio. Vive em hospital, nada é mais importante pra ti do que hospital? Parece que não tem vida aqui fora! Taí o resultado. Taí. É culpa nossa, Sérgio. Nós falhamos. Nós erramos. Porra, Yvonne, eu trabalho pra caralho. Ninguém está pagando bem. Eu corro atrás. Nunca faltou nada. O que eu posso fazer? Botar chinelo, pijama e ficar em casa cuidando de vocês? E quem vai botar comida na mesa? Vestidinho para a Moniquita e pra *mamacita*... Para de fazer deboche, Sérgio. O assunto é sério. Vai casar ou não vai?

A cabeça estava um tumulto, e, naquele plantão, Sérgio chegou a hesitar, quase diminuía a concentração de oxigênio no paciente sedado. Ia ficar assistindo a ele partir. Não, não podia, claro, e também nem teria graça. Onde estaria aquele rostinho de desespero? Aquele olhar súplice, aqueles olhos apagando, as forças diminuindo, poxa, sabe de uma coisa, vou dar uma volta. Sabe lá? Precisando muito. Saiu e foi procurar alguns dos lugares previamente selecionados. Passou na Riachuelo, mas nada pareceu bom. Próximo ao porto, na Praça Magalhães, e, ah, que tal no Chapéu do Barata, ali em São Braz? Àquela hora, meio de semana, tudo parado. Há um hotel grande, próximo. Estacionou perto da vila antiga, anos sessenta. Andando, olhando em volta. Viva alma. Um movimento. Pequeno. Debaixo de um banco. Será uma criança? Apagou o Rothmans e se aproximou. Oi? Tá acordado? Ih, uma menina! Que é que foi? Sai fora! Sai fora, caralho!

Na paz, na paz, uau, você é uma menina. Nunca viu, porra? O que foi? Vai andando, sai pra longe, porra. Tem guarda aqui perto. Não precisa ter medo, meu amor. Como é seu nome? Hein? Seu nome? Até já esqueci. Selma. Você mora aqui? Depende. Às vezes nem tem vaga. Tem uns moleques aí escrotos, tu sabes, né? É. Hoje não tem ninguém. Tem uma festa de um sonoro ali na baixa da Gentil e eles foram pra lá. Queres um cigarro? Quero. Que foi? Cigarro bonito. Acende. Gostoso. Tá com fome? Sempre tô com fome. Tem uns caras legais por aqui. Ali das lojas, dão uma força pra gente. Comida. E tem os marreteiros aí da Estação Rodoviária. A gente rouba, sai correndo. Eles se queixam. Os guardas vêm e dão porrada na gente. Porque tu saíste de casa? Fome. Surra. O namorado da mamãe queria me comer toda noite. Filho da puta. Saí por aí. Mas, olha, não volto nunca mais. Tem dinheiro aí? Uma ponta. Tu pareces bacana, com dinheiro. Tenho. Mas tu vais comprar droga? Não tudo. Já dá pra uma cola. Uma banda. Selma, não é? Gostei de ti. O que tu fazes? O que tu fazes aqui? Tava no trabalho. Uma hora dessas? É. Tava chato, queria andar um pouco, conversar com alguém. Como é teu nome?

Sérgio. Recostou-se, sentado no chão, no banco. Ei, tira a cara aí de dentro. Põe a cabeça aqui na minha perna. Vamos ficar conversando. Olha aqui, não me vem com ideia, não, porque não sou otária. Vai no lero-lero e se chegando. Selma, você é muito jovem e eu, muito velho pra ti, não achas? Acho nada. Já vi coisa muito pior. Mas não comigo, fica tranquila. Ela trouxe a cabeça. Aquele toque trouxe uma respiração intensa. Ih, malandro, que é isso? Nada, Selma. Já te disse, vamos conversar. Toma outro cigarro. Acendeu um para si. Olhava em volta. Ninguém nas janelas do hotel. Na vila. Estação. Os guardas, acho que nem havia. Tá bom. Tirou lentamente a linha do bolso da calça. Esperou o cigarro terminar. Passou rapidamente o cordão em volta do pescoço. Ela se revirou. Com as pernas, manteve o corpo em posição. Daí em diante, ele sabia tudo. Controlou a força. Ela levou o cigarro ao rosto dele. A queimadura doeu pra caralho, mas o cigarro caiu no chão. Deu raiva. Puxou forte. Gases eram soltos pela menina. Os olhos desesperados. As mãos tentando tirar o cordão. Conseguiu meter um dedo. Sérgio deu o toque final, e um pedaço de dedo foi para o chão. Muito rápido. Respiração forte. Ereção ainda completa. Não gozara. A queimadura na têmpora atrapalhou. Retirou seu material. Pegou duas baganas de cigarro. Encaixou o corpo debaixo do banco. Olhou para os lados. Saiu caminhando, tentando conter a respiração ofegante. Entrou no carro, desceu a Governador José Malcher com as janelas abertas, ventão, deu um grito de felicidade e expulsão da tensão! Voltou ao hospital. Todos estabilizados, menos um, com hemorragia digestiva, monitorado. Acabou o plantão. Chegou em casa. Foi ao banheiro completar o serviço com masturbação. Quando acabou, bateu a culpa. Deitou-se e ficou de olhos abertos, se lembrando da filha, grávida. Filha da putinha. Dormiu.

Fala, Rogério. Ei, Adílio, fala, mermão, tu ainda torces por aquela mucura do Paysandu? Te foder, Rogério, e esse teu Remo que nem tem série, hein? O que você manda, irmão? Tu sabes, eu tô marcando passo aqui na Seccional de São Braz. Hoje tem uma ocorrência. Um crime. Uma pivete de rua, tu sabes, o pai quer comer, a mãe não faz nada, foge pra rua e já viu. Que é que tem? Assassinada. Lembrei de ti, que me falaste da boca de jacaré, lembras? Sim, eu sei. Foi assim? É, cara. Essa galera vive aprontando, aí passa o carro prata, ou então vão na faca, enfim, nunca é cortando a garganta, sem barulho nem nada. Ninguém sabe, ninguém viu. Adílio, me diz uma coisa, não sei se prestaste atenção, mas não viste nenhuma bagana de um cigarro diferente, com uma tira dourada em volta do filtro? Não, mas, confesso, não estava procurando também. Juntou gente, os guardas municipais avisaram, e aí, claro, tinham mexido na cena. Tinha um moleque, namoradinho, fazendo cena e tal. Enfim. Obrigado, irmão. Porra, Adílio, ainda dá tempo. Tempo de quê? Muda pro Clube do Remo, o Leão Azul. Porra, vai te foder, cara. Abraço, irmão!

Foi na praça. O guarda municipal mostrou. Nada de bagana. Por descargo de consciência, ampliou a área de procura. Havia uma passarela vindo lá da vila. Não era do Iapetec? Acho que era esse o nome. Opa! Abaixou-se e pegou a bagana. *Yes!* Ele agora tem uma linha para procurar. Bagana recente, nem pisada foi. Guardou no bolso. Será que conseguiria um exame de DNA?

AMBIÇÃO

ESTAVAM DESDE CEDO ESCONDIDOS no Palmeiraço, trabalhando em conjunto com o Departamento de Narcotráfico dos Estados Unidos. Norman Davis era o agente encarregado. Vinham acompanhando uma carga de cocaína desde a saída na Bolívia. Cansados. Pernas em câimbras. Muito tempo dobradas. O barco *Ana Maria* encostou. Deixaram amarrar e começar a descer. Perdeu, perdeu! Julian Balon Soto, peruano, era o cara. *No atire, no atire, por favor*. No chão. De joelhos. Aquela gritaria. Acharam o bagulho no fundo falso do barco. Começaram a retirar a mercadoria. Quando aquele monte de tabletes criou forma, o americano calculou em dois milhões de dólares. Paulo comentou baixinho com Guedes. Uma grana dessas e eu até me aposentava. Me casava, arrumava um negócio mais tranquilo. Tu é doido, esse dinheiro que está aí na tua frente é perdição. Dinheiro amaldiçoado. Esse monte aí tem muita morte na origem, cara. O agente levou o peruano para um canto. Saiu de lá com a informação. Chamou os dois para ir com ele. Na Sacramenta. Dois andares, quase na água, mas dois andares. Entraram e o cara estava só de cuecas, assistindo TV, de madrugada. Medardo Lopez Montalvan. Entrou no país ilegalmente, por Tabatinga. Vinha de quatro em quatro meses a Belém. Tinha um revólver, 1.300 gramas de pasta de cocaína e uma picape preta estacionada. Ofereceu cem mil para deixar pra lá. Levou um bofetão. Ai, caramba, *coño*! Paulo foi dirigindo a picape do peruano até a Seccional. Era muito dinheiro. Jogou tudo na sacola. Com essa grana, até aquela filha da puta da Paula casava comigo. Dinheiro, sempre dinheiro.

Passaram alguns dias. O Guedes veio com uma. Lembra daquela noite que tu me falaste da grana boa que a gente podia ganhar ficando com o dinheiro daquele peruano? Lembro. A gente pode se dar bem. Qual é? Uma dica. Sabe o Robótico? Posa de honesto, tira foto com criança, os caralhos, mas pega dinheiro do Uga Uga. O Rei do Telégrafo? É. O Uga Uga quer se livrar. Já era. Paga bem. Dinheiro fácil. Na mão. A gente faz a casinha, se livra do cara e fica com a grana. Limpíssimo. Rapaz... Qual é, mano, vai encarar ou não? Essa é ótima. Tá. Porra, se alguém nos vê, dá a letra, estamos perdidos. Porra, tu queres ficar rico ou não? Vais esperar o Papai Noel te trazer um saco de dinheiro? Eu vou é atrás. Matar um colega? O cara era da Rotam. Capitão, sei lá. Porra, não sei se consigo. Porra nenhuma que o cara não é teu colega, caralho. Esse merda caga pra todo mundo aqui dentro e ainda tem neguinho que vai comer na mão dele. O cara é um escroto, ladrão, assassino e os caralhos. Tem uma milícia. Manda botar na porta das casas Protegido do Robótico. Tu vens ou não vens?

De mutuca. Deixaram o carro perto da Ponte do Galo. Mergulharam na rua. Aquele é o carro do cabra. Qual? Aquele Opala. Porra, Opala? É maníaco por carro antigo. Ligou a lanterna. Outra respondeu. Vamos. Entraram com tudo. Perdeu, perdeu! Uga Uga levantou os braços e foi saindo. Mas Robótico sacou e atirou. Guedes caiu, Paulo acertou na testa. Porra, deu merda. Tentou reanimar Guedes. Ele já não estava mais lá. Morto. Puta que pariu! E agora, porra? Pensou rápido. Pegou o dinheiro. Arrastou o corpo do colega. Jogou no canal. Cara, é o melhor que eu posso fazer por ti, pensou. Entrou no carro e se mandou. Escondeu o dinheiro no forro da casa.

POLICIAIS MORTOS EM ZONA DO TRÁFICO. Estavam arrasados. Uma força-tarefa estava saindo para investigar. Foi. Refizeram o caminho. O corpo do delegado estava naquela casinha. Enxame de policiais. Robótico era famoso. Mais malquerido que bem querido. Mas sabia de tudo de uma galera, lá. Uga Uga se escondeu. Sumiu. Polícia técnica. O calibre era ponto quarenta, usada por policiais, a bala na testa do Guedes. Havia rastro de sangue. Um corpo arrastado até o canal. Guedes. Vamos ver a balística dos dois tiros. Examinar a arma do Guedes. Do Robótico. Isso aqui é área do Uga Uga. Tem alguma coisa que precisamos descobrir.

Não falamos. Ele ia assistir a um jogo no Baenão. Eu não gosto de futebol. Foi um grande companheiro. Um professor. Vai ser difícil encarar.

A Polícia Civil apurou que houve entrega de droga. Uma vizinha viu dois homens estacionarem perto da Ponte do Galo. A balística mostrou que não foi a arma do Guedes que disparou no Robótico. Mas a bala que o matou saiu de um revólver de policial. O dr. Márcio está te chamando. Pois não, doutor. Pode me dar sua arma? Arma? Sim. Me dá sua arma. Pois não. Algum problema? Exame obrigatório. Depois te entrego. Saiu tremendo. Iam identificá-lo. Felizmente estava próximo ao fim do expediente. Cavou e enterrou o dinheiro no quintal. Fugir? Como? A não ser que... Ponte do Galo. Falar com o Uga Uga. Mandou recados. Ficou escondido no escuro. Vaza! Te manda! O Uga Uga nem quer te ver. Te vira!

Marituba, ou Maryoutube, na brincadeira. Cadê o Cabelo? Agripino Pinheiro, dono do município. Assaltou uma loja de câmbio em plena Presidente Vargas, levando três milhões em euros e dólares. O sacana e os cúmplices desceram de rapel pelo poço interno do prédio, para assaltar. Parada dada. A funcionária foi presa, mas o dinheiro ninguém mais viu. Cabelo agora estava na milícia. Controlava a distribuição de drogas, segurança armada, ou seja, todo mundo paga proteção, botijão de gás, água e até sinal da Net. Gatonet. A droga bancava tudo. Mas dinheiro certo vinha de encomenda. Sua turma, de moto ou num carro prata, resolvia o problema dos clientes rapidamente. Não pegava nada. Ou então o chefe de polícia vai em cana. É preciso ter amigos, porra, dizia Cabelo. Uma vez baixou lá o Núcleo de Inteligência Policial, Grupo de Pronto Emprego, Grupamento Aéreo de Segurança Pública, porra, até helicóptero os caras botaram. Ele se mandou pra área do lixão, varou no sítio do seu Nunes e se embrenhou no mato. Os caras ainda pegaram umas cinquenta pedras de óxi e umas trouxinhas. E foi só.

O que é que tu queres comigo? Vai, desembucha logo ou leva chumbo. Tu é polícia, moleque? Sou, quer dizer, era. Deu merda, Cabelo. Tô fodido e eles vêm atrás de mim. Sabe o Robótico? Eu e o Guedes. O Guedes me chamou. Aquele barrigudo que só sabe encher a cara e chupar pica? Porra. Grana fácil. Uga Uga queria se livrar dele, mas sem sujar as mãos. O Robótico reagiu, matou o Guedes e eu o matei. Agora eles vão me prender e a minha vida acaba. E o que é que eu tenho com isso, porra? Te fode. Sai da minha casa, caralho. Espera aí, Cabelo. Quero vir pro teu lado. Fazer parte da tua galera. Sou policial de saco roxo, sei as táticas, atiro bem. Tô sem arma porque me tiraram. Essa porra aí, vai ver que é X9. Será que tu és X9? Tédoidé? Me dá uma boa razão pra vir trabalhar comigo. Me manda resolver uma parada, vamos, manda. Eu te mostro. Tem um vereador que não me interessa mais. Ele passou pro lado desses chatos que falam mal do lixão. Porra, eu sou sócio dessa usina. O cara tá esculachando. Israel, amanhã essa figura vai contigo fazer o tal do Fede Bucho, o vereadorzinho, tá? Leva ele pra comer alguma coisa e dormir. Depois vem comigo.

Israel voltou. Olha, leva ele pra matar o prefeito, tá? O prefeito? Porra, Cabelo, será que... Deixa ele na merda. Deixa ele se entregar. E se ele matar e vier comigo? Não vai. Atira e mata ele também. Ficamos com as mãos limpas, né? Vai no Honda Civic prata.

GIL E MAROLLO

O PONTES TINHA MUITO CARINHO POR TI. E não só porque tu jogas bem. Parece que a mulher dele... Era muito amiga da minha mãe. Sim, era isso. Disse que tu pegas rápido, és inteligente e educado, diferente daqueles peões dele. Por falar nisso, ele sumiu, né? Foi. Nunca mais. Vocês ficaram todos na rua? Foi. Mas eu me viro. Minha mulher gerencia uma boate ali no Comércio. Tu, nessa idade, já tens mulher? Esses meninos de hoje... Ah, sim, foi por isso que tu passaste lá no Ver-o-Peso. Foi. É uma boate pra caçar, o senhor me entende? Como assim? São os comerciários que saem do expediente e quem mais aparecer, pescador, todo mundo atrás das mulheres. E tem mulher boa? Que nada, doutor. É gente também sem dinheiro. De vez em quando aparece uma novinha e a gente pega antes que todo mundo caia em cima. E a tua mulher? Ela sabe, mas não liga. E agora a gente tem uma filhinha, Adriana. Ah, que beleza, uma filhinha! Tem mulher e já é pai... É a rainha da nossa vida. Então preciso ganhar mais dinheiro. O senhor disse que eu podia ligar, e estou aqui. Agora, tem o seguinte, não entendo nada de medicina. Não é pra cá que eu preciso de ti, não. É um outro negócio, fora daqui. Preciso de alguém em quem possa confiar. Meu instinto diz que posso confiar em ti. O Pontes também falou. Ele queria que tu viesses trabalhar comigo, ganhar melhor. Aquela treta dele era perigosa. Era mesmo. Bom, vamos fazer uma coisa: me encontra às seis da tarde... Às seis a boate está abrindo, é pra pegar a saída dos comerciários. Ah. A que horas pode ser? Pode ser às oito? Porque então ainda volto pra ajudar a Zazá a fechar. Zazá? Minha mulher. Conheces bem a Campina? Porque é Campina e não Comércio aquele bairro. É? Enfim. Te espero na Primeiro de Março, logo depois da Carlos Gomes, sabes? Sei. Tem um hotel, pequeno, bem pequeno, o 888. Tu dizes que eu marquei contigo. Vou avisar os caras pra te deixarem passar. Tens uma roupa melhor que essa? Não te aborrece, mas é que vem gente fina, uns barões nessa casa em que tu vais encontrar comigo. Olha, toma aqui. Puxou do bolso um bolo de notas. Pegou um monte a esmo. Compra lá na Capri, ali no comércio. O dono é meu amigo. Porra, nem te ofereci uma dose. Não precisa, dr. Marollo. Está cedo para mim. Apertaram as mãos. Àquela hora, devia ser a terceira ou quarta dose de *scotch*. Hospital gigantesco. Tudo branco. Lindo. Quadros. Retrato dele, enorme. Achou que a vida ia melhorar de verdade.

Onde é o batizado?, perguntou Zazá. É pro emprego novo. O dr. Marollo falou contigo. Vai ser bom porque qualquer problema de saúde da Dri a gente... Não vou trabalhar no hospital, clínica, sei lá. É fora de lá, aqui perto, na Primeiro de Março, lá por trás do Basa. Que tipo de negócio é, hein? Olha lá. Ele me deu dinheiro pra comprar essa roupa. É porque vai gente bacana lá, sabe? E o que tu vais fazer? Não sei ainda. Ele me disse que precisa alguém de confiança. O seu Pontes falou bem de mim. Graças à minha mãe, que fez amizade com a mulher dele. Que Deus a tenha. E é agora de noite? É, ele marcou. E eu, como fico? Tem a Dri, né? Fica fria, Zá, eu nunca vou deixar meus compromissos contigo e com ela, tá? Vou lá com ele e volto pra cá, como sempre. É bom ter mais dinheiro pra nos manter, melhorar de vida, sei lá.

Cadê os carros dos barões? Não vejo nenhum. Esse hotel 888 tá mais pra motel que outra coisa. Boa noite, o dr. Marollo marcou comigo. Teu nome é Gil? É. Sobe aí. Um elevador! Mas de fora esse prédio é desabitado, sei lá. Também, em pleno centro... Só tinha térreo, um e dois andares. Vá lá, primeiro, então. Saiu em um salão enorme, iluminado, parecia de cinema. Luzes, candelabros, espelhos e mesas de jogo. Viu um cara de paletó passando. Por favor, o dr. Marollo marcou comigo aqui. Onde falo com ele? Espera aí. Foi ao interfone. Ele está descendo.

VIVENDO E
APRENDENDO A JOGAR

E AÍ, GAROTO? Então tu vieste mesmo, hein? Sim, doutor. Preciso do emprego. Já tinhas entrado em um lugar assim? Não, claro que não. Mas nunca imaginei haver um lugar assim na Primeiro de Março e, doutor, desculpa perguntar, mas esse prédio não... Condenado? Sim, minha mãe me contou uma vez. Não, não vai cair. E só está condenado, vamos dizer assim, pra quem não quer se divertir em um lugar bonito, luxuoso e ainda ganhar algum dinheiro, não é? Com certeza, doutor. Eu vou te mostrar. Aqui na frente ficam esses caça-níqueis que tu já deves ter visto em alguns bares da cidade. Nos próximos dias, vou te botar pra recolher a féria do dia, está bem? Aprende, eles vêm da Itália, de uma fabricante chamada VNE. Na verdade, Gil, aqui no Brasil estamos sempre aguardando a liberação do jogo, sabe? Porra, a gente paga deputado, senador e eles ficam enrolando. Muitos deles iam ser donos dos seus próprios cassinos! É muito dinheiro perdido. Agora me diz se eu não tenho razão. Sou maior de idade, dono do meu dinheiro e quero me divertir, na roleta, por exemplo. Os caras pensam que só tem criança envolvida? Foi um presidente, Dutra, há muitos anos, que proibiu o jogo. A mulher dele era carola de igreja e obrigou o bestalhão a proibir. Agora, o governo banca loteria disso, daquilo, tudo jogo de azar, mas aí pode. Quer dizer, o governo pode, mas o cidadão não. Me explica isso. Mas, sim, vamos andando. Essa aqui é a mesa de bacará. Um jogo bem fácil, não é, Armando? Boa noite, doutor. Ele sempre vai dar par ou ímpar. Cada apostador pode ficar de um lado ou do outro. Agora, tem o empate, que dá *tie*. É a soma de pontos, de zero a nove. As figuras valem zero, e as cartas, cada uma vale um. Uma figura e um nove é o maior ponto. Recebe duas cartas. Se a soma der nove, cinco e quatro, enfim. No máximo dá empate, a soma dando nove. O nome do jogo é ponto e banca, tipo par ou ímpar. Se você jogar cem, se ganhar, recebe cem. Bom, estás vendo, tu recebes duas cartas e escolhe em qual lado quer jogar. Tudo às claras, nada escondido. O Armando fica com uma caixa que tem todo o baralho. Ele vai tirando a carta, uma pra cá, outra pra lá. Sim, o baralho é embaralhado na frente de todo mundo, sem truque, câmeras vigiando, tanto funcionário quanto parceiros. Qualquer dúvida, vamos ver a câmera. Se a casa perde, paga pra todo mundo. É o melhor jogo pro jogador. O Armando anota quem ganhou e quem perdeu e tem esse painel aí, mostrando as últimas vinte jogadas, quem perdeu, quem ganhou. Aí o jogador vê as probabilidades, onde está melhor e vai. Te animas a jogar? Não, doutor, não tenho como apostar e, depois, vou precisar assistir pra aprender muito bem. Isso, falou certo, garoto.

Bom, aquelas ali são as mesas de roleta, as mais famosas, essas em que tem sempre alguém ganhando ou perdendo muito, nos filmes, rodeado de belas mulheres. Olha aqui. Estás vendo, a roleta tem 36 números. Essas aqui são como as roletas europeias, da França. São regras mundiais. Dizem que foram dois padres franceses que inventaram o jogo. Aqui eu pego, digamos, duas fichas de quinhentos reais e jogo no vermelho 32. Se der o vermelho 32, tu ganhas 35 vezes o que tu jogaste, entendes? Se for uma ficha de cem reais, recebe 35 vezes 100. O vermelho e o preto são as cores. Tipo Flamengo? É, isso mesmo, Flamengo. Mauro Sérgio, lembras dele? Aquele garoto que jogou contra a gente lá no sítio do Campos? Lembro, doutor. Moleque bom de bola. Vai trabalhar com a gente de agora em diante. É gente minha, viste, Mauro? Avisa pra todo mundo. Tem cara de moleque, mas já tem mulher e filho, porra! Gil, olha aqui, ainda tem as colunas. Mas não tem roleta viciada? Às vezes, ali no Largo de Nazaré... Mas claro que não, garoto. Estás pensando que isso é coisa de pobre? Tem um pagador, que é o Paulo Sérgio, dois catadores de ficha, um fiscal e um boleiro. Olha quantas pessoas e tu vens me falar de roleta viciada... Olha aquela câmera. Eu podia até já ter tirado o fiscal, mas é gente camarada, antiga, o sujeito vai pra rua e faz o quê? Tem mulher e filhos... Tu por exemplo, tens mulher e filha... E aí, doutor, basta jogar a bola para girar? Sim, vamos dizer, tu jogas aqui no 26. Quando a bola roda na roleta, ele diz parou. Todos aguardam a roleta parar. Tem a primeira, a segunda e a terceira coluna. Tem também a primeira dúzia, segunda dúzia e do 25 a 36, terceira dúzia. Se jogar aqui, tá jogando 12 contra 24, ou seja, dois contra um. Se ganhar, recebe duas vezes. Mas pode jogar duas dúzias contra uma. Aqui chamamos de rua, se jogar três fichas, joga onze contra três. Se ganhar, multiplica por onze. Tem a linha, onde pode jogar nos seis números. Tudo soma 36. Pleno, semipleno, quadro e linha. Entendeste? Não muito bem, mas já começo a aprender agora mesmo, doutor. Fica então um pouco por aqui que vou receber umas pessoas. Depois te mostro o resto. Gio decidiu, naquele instante, que não queria outra vida.

ADRIANA

A FILHA DE GIO E ZAZÁ ERA UMA GRACINHA. Simpática, riso fácil, passava de colo em colo, fosse na vizinhança, fosse na boate. Era a queridinha de todos. Ganhava presentes, enfim, uma princesa. O parto foi pelo SUS. Zazá não contou, mas foi muito humilhada por médicos e enfermeiras, por seu nanismo. Fizeram muita graça. Ela lutando para parir e eles contando piadas com anões. Pior, piada de como seria a criança que estava nascendo. O parto foi difícil, mas foi a raiva, a revolta contra o mundo, que deu forças a Zazá para parir. Quando puseram Adriana em seu colo para mamar, ela tocava em seu corpinho para saber se era toda normal.

Gio chamou um táxi. Levava Adriana no colo, todo orgulhoso. Por que esse nome, Adriana? É alguma parente tua? Tua mãe? Tem uma atriz na TV Record? Não, Globo. *Vale a pena ver de novo*, de tarde. Adriana Esteves. Acho que sei, mas poxa, Zá, ela faz uma mulher malvada... Eu sei. Sei muito bem. E então? É Adriana, tá?

PAULO É MATADOR

QUASE NO FIM DA MANHÁ. Paulo zapeava estações de rádio pra saber de alguma coisa. Vamos. Demorou. Cadê o berro? Aqui. Quaraquaquá? É. Ponto quarenta. Manuseou. Rodaram até o centro de Marituba. O mercado. Movimento. Quente. Mexeram com meninas. É tempo de cupuaçu? Sei lá. Ali. Vamos estacionar. Ele vai sair. Todo dia faz isso. Essa mercearia aí é dele. Aí acho que ele vai lá pra Câmara. Andando. E esse pessoal aí na rua. Foda-se. O chefe quer que todo mundo veja. Olha, lá vai. O Fede Bucho. Paulo moveu-se para abrir a porta do carro, mas em um relance viu a arma de Israel, já engatilhada. Decisão imediata. Deu um tiro na cabeça de Israel. Jogou pra fora do carro. Saiu correndo. Meteu a arma na costela do Fede Bucho. Perdeu, perdeu. Vem comigo. Agora, já, porra. Arrastou o cara, rapidamente. Em volta, todos em choque. Como em câmera lenta. Empurrou para dentro do carro. Assumiu o volante e rodou. O que é que tu queres comigo, filho da puta? Paulo deu um tiro em seu pé. Cala a boca, porra. Tenho dinheiro. É dinheiro? Te dou, porra. Cala a boca. Tu não sabes quem sou eu? Vou atirar de novo! O prefeito, caralho. Prefeito de Marituba! Que prefeito porra nenhuma, tu é vereador, o Fede Bucho! Égua, não sou, porra. Sou Ermelindo Sobral, caralho. Prefeito. Porra, isso é engano e vai dar merda, porra. Paulo olhou pro cara, sangrando, e percebeu a armadilha. Realmente seria a prova de fogo. Mataria o prefeito pensando ser um vereador e, na volta ao carro, seria morto por Israel. Tudo limpo, tranquilo. Feladaputa! Quando chegou ao sítio do Cabelo, foi um susto. Puxou Ermelindo pelo cangote e o arrastou para dentro da casa, todos abrindo passagem. Porra, Paulinho, o que tu fizeste? Eu? Taí, Cabelo, o teu vereador, o Fede Bucho, não é? Aí, Fede Bucho, fala com ele. Silêncio. Cadê o Israel? Não vem mais. Fala aí, Cabelo, eu quero saber qual é a onda. O miliciano tentou olhar para os capangas, mas levou um tiro na testa. Em seguida, Paulo fez de Ermelindo seu escudo. Negócio seguinte. Mudou. Agora quem manda sou eu. Quem está de acordo fique onde está. Quem não estiver... Todos ficaram. Fede Bucho, tremendo, disse que deviam fazer um acordo. Paulo deu um tiro em sua têmpora. Queima esses dois e joga fora. Joga no lixão. O carro também. Vamos tratar dos nossos negócios. Esse porra aqui tem mulher? Trouxeram uma loura que já tinha tido melhores dias. Veio esperneando, só de shortinho, ameaçando, mas morrendo de medo. Correu e abraçou o corpo do Cabelo. Levantou-se e percebeu logo a mudança ocorrida. Engoliu o choro. Teu nome. Francenilda. Francy. Tens filhos? Não. Filhos dele só com a primeira esposa. Vais ficar presa no quarto até eu decidir o que vai acontecer. E nós, galera, vamos conversar. Quanto ele pagava? Cadê os números? Tem alguma caderneta? No bolso. Dinheiro? Tem uma arca no quarto dele. Não deixa a Francy pegar porque ela é traíra. Havia um rolo de notas nos bolsos do Cabelo. Tem espaço pra todo mundo aqui. Todo mundo vai ganhar. Todo mundo vai se dar bem. O Cabelo deu mole. Se fodeu. Tifu, cara. Eu sou o Paulo. Mas vocês vão me chamar só de Federal, tá ligado? Federal. Pode espalhar. Vou pegar o negócio todo, estudar e ainda hoje a gente conversa sobre tudo e, principalmente, *money*, bufunfa, dinheiro pra todo mundo. Outra coisa, eu sei da treta com o CV aqui, né? Onde é que tá mocozada a droga? Um barraco aqui perto, na rua do Curuba. Esse é o livro do controle? Porra, livro? Ele não tem nem computador? Cabelo é das antigas, não gosta dessas merdas aí. Fraco, o cara era fraco. Agora me dá o celular do Douglas, o fera lá em Americano, do CV. Douglas, aqui é o Paulo. Sim, esse celular era do Cabelo. Cabelo tá fora. *Out.* Caiu. Agora sou eu. Me chama de Federal, tá ligado? O resto tá mantido. Eu ainda vou me inteirar da coisa toda. Sim, cara, tô te dando a letra. Tá limpo. Garantido e caprichoso, mano. À sua disposição. Desligou. Paulo sabia que seria investigado. Talvez mandassem alguém para matá-lo. Um dos próprios homens de Cabelo? A vida agora seria assim. Sem escolha. Estamos de acordo? Ou não? Imagina. Vamos cuidar da vida. Leva esses porras. Continua tudo como era, até eu me inteirar. Vida que segue. E, ó, quem quiser ficar rico comigo vai ficar. Quem não quiser... já viu como eu atiro. Tenho corpo fechado.

O VICE-REI DO CASSINO

GIL AOS POUCOS REVELOU SUA PERSONALIDADE, sua energia contagiante e sua simpatia. Rápido, todos o requisitavam e ele atendia prontamente. Uma única exceção. Marajó, o guarda costas de Marollo. Não gosto desse moleque. O que é que tem ele? Não sei. Não vou com os cornos dele. Tem alguma coisa... sei lá. Marajó, há quantos anos tu me conheces? Desde quando eu te trouxe lá de Soure, onde tu estavas fodido, né? Então, tu achas que eu confio em alguém? Nem na minha mulher, porra. Deixa o garoto. Preciso de alguém como ele. É rédea curta. Sei muito bem onde controlo. Deixa comigo. Se o doutor diz que tá no controle, tá no controle. Mas eu não gosto dele. Tá bom. Já sei. Fica na tua. Marollo foi deixando e muitas vezes, na frente de fregueses, após alguma solicitação, dizia que Gil mandava em tudo e ele era, apenas, um investidor, uma presença amiga. Gil fez jus. Mas sempre esteve em posição de atenção, com todos os relés ligados. Fechava a féria da noite, sempre, quase sempre, a partir das dez da manhã, no hospital, sala da presidência. Ali contabilizava, diante do chefe, pessoa por pessoa presente, quem jogou quanto, perdeu, ganhou e onde. O que cada um comeu e bebeu e, finalmente, a féria. Tudo precisava bater. E Marollo fazia perguntas, aparentemente impertinentes, apenas para demonstrar, também, que ele, Gil, não estava tão solto assim e que as informações todas eram checadas com rigor. Nenhum problema para Gio. Ele aprendeu as regras. Viu que ali estava um destino, uma vida inteira agradável, em ótimo ambiente, bebida, comida, tudo do melhor, roupas e mulheres chiquérrimas, que viam nele oportunidades, claro, principalmente se estivessem em uma noite ruim. E Zazá? Deixa rolar. Gio passava grande parte do dia em casa, após voltar do acerto de contas com Marollo. Apaixonado pela filha, Adriana. As contas em dia. Passava mais cedo na boate e, como na maioria das vezes, fechava lá pelas onze, dava uma ajuda para a mulher e o dinheiro do táxi para voltar para casa. Mas Zazá disfarçava a insatisfação. Agora seu garoto estava adulto, bonito, bem-vestido, falando melhor e somente quem ficava com os carinhos era a filha. Nunca mais a procurara. Uma madrugada, o esperou chegar. Ligou a luz e estava nua. Bom dia, meu preto. Vem pra cama comigo, vem. Estou com uma saudade de ti... Gio ficou indeciso. Estava algumas doses a mais, com sono. Agora, olhava para o corpo de Zazá e pensava se conseguiria fazer amor com ela. Ela chegou próximo, desafivelou seu cinto, abriu a braguilha e já tomou o pau nas mãos. Gio contou até dez. Pensou em Joelma Chicre, uma coroa escandalosa que ia sempre ao cassino com o esposo, um velho libanês dono de relojoaria. Joelma lançava olhares para todos. Usava roupas colantes. Era grande e, quando entrava, parecia aquelas Rainhas das Rainhas com seus esplendores e as atenções. Deitaram-se na cama. Deixou Zazá ir por cima. Graças a Deus, o pau respondeu. Fechou os olhos e pensou nos seios de Joelma, na boceta de Joelma, ouvia ao longe Zazá e sua respiração forte e o gozo. Concentrou-se e gozou, rápido. Zazá queria mais. Ai, meu amor, quero mais, quero mais, tô com saudade. A gente sempre demora. Zá, meu amor, hoje tô baqueado. Mas, poxa, tu gozaste gostoso, não foi? Foi. Foi, sim. Então me deixa dormir, agora. Meu pretinho, eu queria mais, meu pretinho. Amanhã, então a gente faz direito e fica horas, tá? Tá. Gio virou para o outro lado para dormir. Gio, deita pra cá que eu quero dormir de conchinha contigo. Pra sentir teu corpo e teu pau encostando em mim. Dormiram. Pouco. Logo Adriana acordou. Vai, Zá. Preciso dormir mais. Tá, meu amor.

UM BAQUE E UMA
CHANCE PARA PAULA

A MÃE MORREU. JOVEM. Atropelada. Tentou atravessar a Doca.
Esquina com Senador Lemos. Acharam o número na carteira.
Paula dormia, no prédio que ficava na Pedro Álvares Cabral. Vista panorâmica para a baía do Guajará. O problema era a Estátua
da Liberdade, gigante, colocada diante de uma loja de importados
chineses. Ligou pro sócio. Correu. SAMU estava lá. Não havia o
que fazer. Samuca foi marcar o velório, Max Domini. Paula sentiu.
Não tinha vida social. Não tinha amigas. Seu trabalho era quase
sempre à noite. Estava bebendo mais que o normal. Mas segurava. Sua ligação com o mundo. Uma pessoa, ao menos, realmente
preocupada com sua saúde. Com sua existência. Resistiu impávi-
da, enquanto pôde. Só, diante do corpo, desabou. Reviu a traje-
tória. Agora estava sozinha. Ela contra o mundo. Precisava se
fechar ainda mais. Não abrir brechas. Tinha apartamento, casa,
dinheiro no banco. Mas já achava que Samuca era limitado. Queria mesas com apostas maiores, melhores ambientes. Além do
Uberabinha, já frequentava o Pará Clube, mas ainda tinha uma
casinha, no início da Riachuelo, onde rolava jogo, sempre com
bom lucro. Paula queria mais. Mas, agora, sua vida estava menos.
Sem a mãe. Samuca trouxe umas cinco mulheres para ficar no
velório, fazendo figuração. O avô não. Velhinho. Enterrar dois de
uma vez, não. Sozinha, no enterro. Ela mais o padre contratado

e dois coveiros que tentaram afubitá-la pedindo grana para cavar melhor. Difícil explicar ao avô onde estava a filha que não chegava. Pode dormir, vovô. Quando ela chegar, vai falar contigo. Nunca mais.

Casa do Pão de Santo Antonio. Vai ser melhor, vô. Tu terás amigos e amigas, gente pra conversar e todo o conforto. Tu sabes que eu não paro em casa e alguém precisa cuidar de ti. Tá tudo pago. Tudo do bom e do melhor. Beijos. A gente se vê. Nunca mais.

Só, aproveitou a noite de segunda para pesquisar. Pôquer em Belém, procurou no notebook, internet. Vários jogos on-line, mas a conexão ainda não era suficiente. Podia acompanhar. Havia modalidades do pôquer, como Texas Hold'em, e variantes como Omaha, 7 Card Stud, Mixed Games, enfim. Poxa, tomara que logo existam clubes só de pôquer. Os caras comentaram do cassino. Tem o Colibri, ali na Piedade, e o Royal, na Primeiro de Março. Porra, Samuca, me leva nos cassinos. Te acalma que estou acertando. A gente vai, mas é que precisa de uma indicação importante pra entrar. Tá demorando, Samuca. Tá demorando. Olha, eu vou me virar e a gente vai jogar, na terça-feira, na Assembleia Paraense, tá? A Assembleia, égua, Samuca, é clube de rico, de grã-fino, cara, vou precisar até comprar uma roupa, passar no salão pra chegar nos trinques, que eu também não vou passar por nenhuma caboquinha que chegou ontem de Muaná. Tem o Gomes, gerente lá do banco. Ele é sócio, comprou ação porque precisa se apresentar à sociedade e fazer contato com futuros clientes. Ele já soube de uma mesa concorrida que rola às noites de terça-feira. E nessa nós vamos. Com sua beleza e sua simpatia, você, quer dizer, nós, seremos convidados sempre. É nóis, garota.

MAROLLO CONTA

GAROTO, JOGO, MESMO, é em Las Vegas. Ainda vou te levar lá. Puta que pariu. Tem gente daqui de Belém, dizem, que já perdeu cem milhões de dólares. Égua! Isso mesmo. Voltou com o rabo entre as pernas. Mas tinha aluguel pra caralho pra receber e ficou bem. Quer dizer, ninguém fica bem perdendo cem milhões, né? Mas tem a emoção, a adrenalina, cara. Será que isso vale cem milhas? Não sei. Não sei. As salas de jogo sempre lotadas. Três da manhã, lotada. Dez da manhã, lotada. Imagina quanto o cassino ganha. Tira por aqui. Olha, garoto, todo dia nascem um milhão de lesos e um sabido. Quando se encontram, dá negócio, entendes? Estrutura, os caras montaram uma estrutura e, sabe, injetam oxigênio nos salões, oxigênio puro pro pessoal não se cansar e continuar jogando. A gente passa até 36 horas seguidas jogando, sem se cansar. E, tu sabes, o jogo depende de talento pessoal. Até nove pessoas, cada jogador recebe duas cartas, e na mesa são distribuídas cinco cartas. Os jogadores apostam e quem tiver o melhor jogo ganha. Pode blefar, sabe? Uma vez, aqui mesmo, em Belém, eu não estava com essa bola toda, estava de casa nova, a Ann Marie grávida e tal. Na mesa, comigo, só gente pesada. Coisa de trezentos mil, que pra mim era uma fortuna. Na hora de abrir a mão, eu blefei. Não tinha nada. Aqueles momentos em que a gente joga o futuro, sabe? Parecia tranquilo, mas por dentro tinha uma banda de rock metal tocando no meu peito, sabe? Estava quase pra me borrar. Aí o Armando Nogueira, que era meu amigo e tinha saído antes, me pediu pra ver o jogo. Olhou, me olhou e comentou que eu era um moleque foda. Porra, os caras caíram fora e eu ganhei. Distribuí dinheiro pras putas amigas, garçons e ainda comprei um carro pra Ann Marie. Não teve puta pobre. E essas regras de pôquer diferentes. No cassino é universal. Claro que, se quatro ou cinco amigos se reúnem em suas casas, podem criar outras regras, mas no cassino é tudo bem claro e universal. Tem um funcionário controlando a quantidade máxima de aposta. Aí eu fui falar que ia apostar e ele me disse: *stop*. Meu inglês era uma merda. É uma merda, né? Pensei que ele tivesse dito: mesa, que é quando pode apostar. Ele disse: agora não pode. Passa a tua vez e é outro. Aqui em Belém eu fiz o cassino pra me divertir e ganhar dinheiro dos ricos. Os caras não sabem mais onde enfiar dinheiro. São poderosos, entediados. Aí o cara precisa de uma emoção, adrenalina, risco, entendes? Hoje tu vês aqui os donos da cidade. O cara que banca tráfico, de remédio, dono de rede de supermercado, contrabandista. Eles podem ter a profissão que quiserem. Cada um deu seu jeito de ficar rico. Aí vem o tédio. Vêm para se divertir, mas aqui, o profissional do jogo sou eu e eu vou ganhar o dinheiro deles. Não interessa se tu tens sorte ou azar. Eu vou ganhar o teu dinheiro, entendes? Diz o ditado que quem tem sorte é mulher de bunda grande. Aparecem outros profissionais aqui. Eu vejo. Eles esperam até tarde da noite, o jogador amador chega meio mamado e eles chegam junto. Aí eu ia lá e dizia que não, não era bom jogar, que estava tarde e ele tinha bebido, sei lá. Tu pensas? Vai te foder, eu quero jogar, o dinheiro é meu e tu não te metes. Sabe de uma coisa? Te fode. Eu dizia que o mínimo era cem mil. O cara ia até o carro e voltava com um saco de dinheiro. E agora, caralho? Alisavam ele e ia pra casa, bonzinho. Vai entender! Sabe essa mesa que tu estás frequentando lá na Assembleia Paraense? Fui eu quem inventou. Os caras mais ricos de Belém iam lá. Ainda vão, né?

Vão. Lá no Toc Toc, terça à noite. Mas começou a dar tanta gente que passamos pra segunda, quando o clube não funciona. Pagamos especialmente funcionários, pra nos servirem. Cozinheiro, garçom, todos lá. Ganhei muito carro de gente besta. Com documento e tudo. Os ricos perdiam tudo e jogavam o carro. Chamava táxi pra levar.

E o Claytinho? Não se interessa por isso? Faz faculdade e quer ser médico também. Porra nenhuma. Garoto burro. Idiota. Quer porra nenhuma. Nasceu com o cu pra lua. Passa o dia na academia e depois na saída dos colégios. Se mete em porrada e a gente tem de dar um jeito porque pega mal. E, depois, é um merda, mas é meu filho. Um bestalhão. Um merda, porra. Mas é meu filho, entendes? E as meninas? Meninas, não. Não gosto que tu fales nelas, tá? As meninas são sagradas. Nunca vão pisar aqui. São as minhas joias, viste? Sagrado. Vamos trabalhar.

GIL E PAULA

LEITINHO ENTROU EM CAMPO. Parecia contrariado, despenteado, cara de quem acabou de acordar. Era tido como craque e então todos se curvavam às suas vontades. Gil parou para ver. Era campeonato dos Novos, na Assembleia Paraense. Garotos criados à base de vitamina americana e leite grosso. Muito fortes, passavam o dia na academia. Por eles, nem vestiam camisas de jogo. Elas esconderiam seus encantos, digamos. Cheio de marra, Leitinho parava a dinâmica do jogo. Assim que a bola chegava a seu domínio, sentia-se proprietário, líder, e tentava, fazendo-se da força e de algum talento, driblar todos os possíveis marcadores e entrar com a bola dentro do gol. Bom, havia outros quetais. Inevitável, um diante do outro, pose de MMA e logo rolando no chão. Guarda-costas correram para desemboletar os litigantes. Muito bate-boca depois, nenhum foi expulso e bola que segue. Moleque metido a merda, murmurou. Gil subiu para o Toc Toc e, lá no fundo, estava a mesa de pôquer. Deu alô para todos. Uma mulher. Jovem. Bonita. Olhar contra olhar. Quero essa mulher pra mim. Esse cara é meu. Como vai? Prazer, Gil. Prazer, Paula. Tudo bom? E aí, veio dar uma olhada no jogo? Só vou dizendo que só tem perdedor aqui e que só agora chegou o ganhador, o grande vencedor da noite! Tá aqui pra ti, cantou o Oséas, no canto. Não, eu vim pra jogar. Pôquer? Sim. Ôpa, que coisa boa! Próximo, um homem parecia interessado na conversa, mas não dava sinal. Namorado? Talvez. Como é que uma lindeza dessas já vai sair por aí, livre e desimpedida, pra jogar pôquer na Assembleia Paraense? Por mim ela ia ser Miss Verão do Isaac Soares ou Rainha das Rainhas do Carnaval. Quer saber, preferia na minha cama, eu e ela e vamos que vamos. Então, tá, vamos jogar.

Pôquer para valer é um jogo que demora. Horas. Esquecem do tempo. Garçons em volta garantem bebida, cigarros e comida. Gil percebeu que ela trabalhava na previsão de cartas. Uma cabeça matemática. Mas precisava aprender muito. Não basta saber matemática. É preciso experiência. Ganhar. Perder. Sorrir e chorar. Quem sabe jogar não entra para perder. Pedem cartas. Olham o jogo. Jogam uma, duas, três cartas fora. Às vezes não vem nada bom e esperam a próxima mão. O profissional de cassino ganha comissão por partida. Se jogar quarenta paradas por hora, tira, digamos, seis mil por hora. Claro, tem uma comissão para a casa, supostamente para comprar baralho e tal. Baralhos, sempre Ken. Uns trezentos reais. Gil observou a moça. Agora era técnico. Ih, morreu. Tá no papo. Quando tinha uma boa mão, havia um esgar leve, mostrando duas covinhas nos cantos da boca. Muito leve, discreto. Agora eu sei. O cara, não sei se namorado, marido, passava dinheiro pra ela. Começou a sofrer porque eu a escolhi pra afubitar. Boa noite, galera! Um penetra. Ninguém respondeu. É pôquer, né? Senti o bafo. Mas, no casa dinheiro, meu, disse Oséas, vou lá no carro buscar. Vai, então. Mesmo que o jogador experiente já saiba se controlar se ganha ou perde e, no caso, quando perde, nunca é muito, pois os saltos são calculados, nunca é prazeroso perder. E a garota, Paula, não é? Bom, ela não estava acostumada a perder. E eu já estava interessado em ganhar no jogo e ganhar no amor. O leso voltou com um saco de dinheiro. Nem tinha tanto, uns cinquenta mil. Foi o pato da noite. Até a Paula se deu bem. Quando não tinha mais nada, despediu-se, agradeceu e sumiu. É engraçado como, às vezes, perder dinheiro é uma terapia para alguns. O cara quer apenas sentir a adrenalina, achar que, de repente, pinta um *royal flush* e vai contar essa história pro resto da vida. Agora voltou a ser você, Paula. Já são quase três da manhã, só nossa mesa e o serviço de bar e restaurante. Estamos pagando. Bem. Garantimos assim os sorrisos. Decidi lançar algumas iscas, perdendo pequenas quantias. O Oséas parou. Pronto. De testa. Esperei o jogo bom. O dela estava confuso. Percebi seus olhos. Disse algumas palavras alentadoras, assim como quem não quer dizer nada. As pupilas dilatadas. A mulher bebe bem. Boa parceira. Titubeia e vem. Abro meu jogo. Ela, o dela. Ganhei. Meu olhar nem é de triunfo. Eu quero mais. Quero essa mulher. Não liga, não. Dei sorte, alívio. Pôquer não tem sorte. Paula, por favor, queria te conhecer melhor. Vamos jantar? Só comemos bobagem até agora. Estás de carro? Sim, mas vim com o Samuca. Quem é Samuca? Teu namorado, marido, bom... Não. É meu sócio. Ah, bom. Qual é o acerto? *Fifty fifty*. Te dou sessenta por cento. E vou te levar pra cassino. Pra mesas altas. Grana. Tu deves jogar em qualquer boca por aí. Topas? Vamos, Paula, estou com sono. Ela não vai contigo, Samuca. Seu Gil, o senhor precisa respeitar. Eu e a Paula. Eu já sei. Acabou. Agora ela é minha sócia. Paula, diz adeus pra ele. Adeus. Vai na boa e contente pra casa. Foi bom enquanto durou. Olha, toma aqui vinte mil. Samuca olhou para Paula, com olhos desapontados, e para Gil, com medo e respeito. Ele sabia quem era. Um degrau bem acima. Foi embora. Gil ligou para o Hilton Hotel. Falou com o Motinha, que estava entrando no turno do dia. Mandou preparar um jantar na suíte presidencial. Paula entrou no BMW negro de Gil e percebeu que sua vida estava virando. Vá na direção em que o vento aponta, pensava. Música romântica, pouco trânsito, a mão de Gil fazendo carinhos em seu joelho, sua coxa... Hilton Hotel, jantar na suíte presidencial. É claro que acabaram na cama. Ela parecia nervosa. Gil foi aos poucos. Tirou seu vestido. Os sapatos, um de cada vez, beijando seus pés e subindo lentamente até chegar na boceta. Seguiu direto para os seios, que descobriu e chupou intensamente. Lentamente. O coração dela aos saltos.

Então desceu e tirou com os dentes sua calcinha. Aquela menina cheirava a leite. Chupou aquela boceta aguardando acontecimentos. Quando as pernas começaram a tremer, ele intensificou e foi botando um dedo e dois dedos no cu. Ela gozou forte, mas não deu um pio. Sem pensar, Gil meteu seu pau e ela estava alagada. Ahnnn? Virgem! Tu és virgem, menina! Mete logo esse caralho. Meteu. Rompeu o hímen e nada foi demonstrado. Estava largada, deixada, à mercê, com olhar esgazeado de gozo contínuo. No entanto, quando deixou-a gozar ainda mais duas vezes, antes de gozar ele próprio, Gil achava que havia ainda alguma barreira a ser transposta. Não sabia a razão. Égua, uma mulher zerada cai no meu colo assim. Acordaram lá pelas duas da tarde, um tanto ainda encabulados com a nudez um do outro. Onde você mora? Ali na Doca. Te mostro. Quando pararam na frente do prédio, Gil disse que gostava dela. Que gostaria de voltar a vê-la mais tarde. Paula, eu te quero como namorada e como sócia. Precisamos conversar. Te pego às seis da tarde. Tá. Passou no McDonald's e comeu um Quarterão. Levou um brinde para Adriana. Zazá fez cara feia, mas não reclamou. Gio pensou que preferia que reclamasse. Mulher quando não diz nada é foda.

GIL, PAULA E LEITINHO

ELE A LEVOU AO PORTAL DA AMAZÔNIA para tomar um vento. Paula estava ainda mais bonita que na noite anterior. Estavam, ambos, encabulados. Dois bicudos. Feitos um para o outro. Primeiro exibem armas. Depois vêm os acordos silenciosos. Um não pode viver sem o outro. Na base do "só vou se você for". Será? Ligou para o Hilton. Suíte e jantar. Paula encantada com os mimos. Posso pedir uma coisa? Pode, claro. Tire a roupa. Como assim? Fique nua. Quero te ver. Pedaço por pedaço. Ela foi deixando cair cada peça. Assim? Você é linda. Nem sei por onde começar. Bobo! Eu sou besta mesmo. Devia me defender, me resguardar. Mas contigo não dá. Pode se deitar na cama? Aquela deusa, lânguida, na cama larga e confortável. Levou os dedos dos pés à boca. Beijou e chupou cada um deles com olhar de respeito. Deslizou pelas pernas, beijou-lhe o umbigo e chegou aos seios, alisou os bicos, esperando-os eriçar-se. Então os tomou na boca e os chupou, às vezes, manso e, de repente, forte, aqueles bicos negros e imponentes. Sentiu-a respirar forte e tocou-a no clitóris, aprofundando na vagina, recém-liberta do hímen. Passou ao pescoço, que beijou e cheirou. Aquela menina-mulher estava entregue, gemendo e respirando forte. Virou-a e desceu pelas costas mordendo suas laterais, deixando seu pau deslizar também, como uma promessa, até chegar à bunda, separando as bandas e dando uma lambida no cu, à qual ela reagiu com um pulo e uma expressão de surpresa e prazer. Seguiu lambendo, e aquele lombo agora se oferecia, se abria à sua língua e dois dedos atolados em uma vagina encharcada. O corpo tremeu forte, ela gozou uma torrente. Segurou firme, com os dedos e a língua. Quando acabou, as pernas ficaram tremendo, em espasmo. Ela murmurou com voz fina, me come, me come, pelo amor de Deus, que estou me derretendo. Come com força, Gil. Por favor, que já não me aguento. Então ele a penetrou, e ela já estava flutuando em um gozo longo, do qual se recuperava e pedia mais, com a curiosidade dos novatos e o ímpeto dos jovens. Quando terminaram, ela foi ao banheiro lavar-se. Na volta, deitou-se e riram das travessuras. Tu és doido, Gil, e queres me fazer ficar doida! Quero mesmo! Eu nem sei o que dizer. Vai ver tu pensas que eu sou como qualquer puta dessas, que trepa, sei lá, noites inteiras. E na verdade eu nem... Eu sei, Paula, eu sei. Também estou surpreso. Nunca tinha feito sexo assim tão forte. Nem com as putas caçambadas que conheci e me ensinaram a foder. Amanhã vou te levar no Royal. No cassino. Tu vais ver o mundo do jogo pra valer. De pôquer. Vou te apresentar pro meu chefe, o dr. Marollo. Sabes aqueles hospitais e clínicas Marollo? Sei. São dele. Mas ninguém precisa saber que ele é dono de cassino. Podre de rico. Gosta de jogar e montou o cassino pra se divertir. Bem, ganha dinheiro pra caralho também. Toca o telefone. Ih, Marollo! Alô, doutor? Gil, rápido, preciso de um favor. Diga. O Claytinho, sabe, o moleque? Sei. Parece que se meteu em uma cagada numa festa lá no Hangar, sabe? Tá lá na Seccional de São Braz. Leva dinheiro, molha a mão dos caras e não deixa pegar nada com ele, viste? O Dumas, aquele meu advogado, já está indo pra lá também. Vai agora. Pode deixar. Tenho que ir. Temos, né? Te ponho em um táxi. É coisa urgente. Vamos.

Chegou e logo encontrou o Leitinho. Putaquepariu, logo tu que me apareces. Vai-te embora, porra. Não quero nenhum bunda--suja me ajudando. Dr. Dumas, tire esse porra de perto de mim. Saí de perto. Fomos ao escrivão que estava lavrando flagrante, sei lá, essas porras. O Dumas falava que era apenas um desentendimento em festa, que ele já havia sido jovem e que essas brigas eram coisa de garotos e que deixasse pra lá. Deixei cair um pacote de notas em seu colo, discretamente. Quanto? Dez mil. Vou fazer uma cena aqui, só pra constar. Depois eu apago. Leva o moleque. Pede pra ele se acalmar. Xingou todo mundo aqui. Queria humilhar mesmo. Assim é foda safar a barra dele. Muito marrento. Se ponho na cela, não dura dez minutos. Não tem nem diploma. Podem ir. Saiu cheio de vento. Taí, otário! Bando de otário, gente pobre, caralho. O Dumas o levou. Doutor, o Dumas já está levando ele pra casa. Agora, vou no IML porque a pessoa que foi agredida foi fazer corpo de delito. Puta merda, que saco! Vai lá e me diz. Cheguei e o cara já tinha ido. Pedi pra ler. Molhei a mão aqui e ali. Jorge Ismael Santos. Já ouvi falar esse nome. "Periciando informa que foi agredido fisicamente por um conhecido, de prenome Clayton Marollo Jr., com um soco, fato ocorrido no interior de um camarote de uma festa no Hangar. Recebeu atendimento no Hospital Adventista. Refere que apresentou no momento da agressão diplopia pós-trauma, sensação de tamponamento em ouvido direito e narina direita, bem como dor intensa na face. Apresentou laudo tomográfico computadorizado de face ou seios da face do Hospital Adventista de Belém, no qual consta: existe traço de fratura no rebordo orbitário, observando-se insinuação da gordura orbitária e parte da musculação orbitária inferior para o interior deste seio paranasal. Presença de conteúdo gasoso no espaço retro-orbitário, bem como na projeção periorbitária correspondente. Espessamento da mucosa do antro de ambos os seios maxilares, sobretudo à esquerda. Possível correção cirúrgica nos olhos. Blefarohematoma palpebral superior à direita. Duas feridas corto contusas, não suturadas, sangrantes, irregulares, escoriações irregulares, equimose arroxeada. Enfim, houve ofensa à integridade, produzida por instrumento contundente, que pode gerar incapacidade para trabalho permanente, perda ou inutilização do membro ou deformidade permanente." Puta que pariu. Isso vai dar merda. Tira uma cópia pra mim? Tem o endereço do cara, aí? Ali na Boaventura. Tá. Esperou amanhecer. Oito horas. Posso falar com o sr. Jorge Santos? Ele ainda está dormindo. Sofreu um acidente ontem. Não sei se vai poder falar. Por favor, diga que é da parte do sr. Clayton Marollo. Silêncio. Ouviu? Ouvi. Um momento. Alô, qual é, tu é mesmo um bosta, hein, moleque? Seu Jorge, meu nome é Gil. Vim conversar com o senhor. Ah. Trabalho com o dr. Marollo, o pai. E o que eu vou conversar contigo? Sou amigo do velho. Eu mesmo vou ligar. Por favor, sr. Jorge. Quero apenas saber o que aconteceu. Tá bem. Sobe. Jogo rápido, viste? Tá. Porra, alguém tem que dar um chega nesse moleque. Assim, do nada, o cara me agride? Como foi? Ontem foi show da Ivete Sangalo no Hangar. Tinha um camarote. Estávamos nós todos, amigos, inclusive do Clayton, bebendo, dançando com nossas mulheres, na paz e diversão. Aparece esse moleque, com cara de aborrecido, querendo falar com um tal de Luiz Armando, que estaria no camarote. Não o vi e, sem querer, dei um encontrão nele. Me deu um murro nas costas, me chamou de filho da puta e tal. Pedi desculpas, não estava entendendo nada. Ouvi falarem do pai e me apressei a dizer que era amigo do pai dele. Procurava esse tal de Luiz Armando. Estávamos nos acalmando e ele enterra um copo de vidro na cara do tal rapaz, com toda a força. Cara, isso é inaceitável. Mandamos o segurança expulsá-lo e tal. O rapaz foi pro ambulatório, sei lá. Perdemos a graça. O show estava no fim. Acabou, estávamos saindo e vieram me dizer que o moleque estava na porta, esperando a saída do Luiz Armando. Fui lá pedir pra se acalmar. Ele estava escondido e me agrediu com um murro muito forte. Na batida, percebi que não era apenas um murro, mas havia uma soqueira inglesa em seus punhos. Ele continuou agredindo, mas outros seguranças se meteram e chamaram a polícia. Fui ao pronto-socorro, não encontrei médico e fui para um hospital particular, depois ao IML, para corpo de delito. Vou ligar pro pai dele. Temos amizade e negócios, mas, de repente, entro na Justiça. Esse garoto precisa aprender. Obrigado, senhor. Nem sei o que dizer. Esse rapaz está cada vez pior. Vou falar com o dr. Marollo. E eu vou ligar pra ele.

Chegou ao hospital. Marollo ao telefone. Que nada, Jorginho. Esse moleque é mesmo esquentado, não é? Coisa de moleque. Eu também, nós também já fomos assim. Ah, Jorginho, deixa pra lá, isso sai na urina, somos amigos, não é? Depois, tu não vais fazer nada contra ele ou contra mim, não é? Tu vais fazer? Não, né? Tu sabes que eu tenho toda tua ficha. Vamos falar sério, Jorge. Fica na tua. Deixa pra lá. Tenho de trabalhar. Até.

O Claytinho. Porra, o moleque tá foda. Nasceu com o cu pra lua, não trabalha, passa o dia na academia treinando arte marcial e depois vai jogar bola. O que esse merda tem na cabeça? Merda, só pode ser. Não sei pra que a gente põe filho no mundo. Só pra se aborrecer. Agora o Jorge, bom parceiro, azedou, está aborrecido. Doutor, acabei de estar com ele. Acho até que o olho saiu do lugar com a porrada que levou. O Júnior tem força. Doutor, esse Jorge está bem prejudicado. O senhor precisa... Falar com o Júnior? Gil, já te disse. Não te mete. Faz o que eu te peço e pronto. Isso é assunto meu. Filho. Problema meu, tá? E hoje está certo? Tudo certo. Doutor, vou levar uma moça pra lhe apresentar. Moça? Moça ou comida? Ela é linda, doutor. Olha o respeito. E joga pôquer muito bem. Acho que ela pode entrar pro time. Vai atrair muitos jogadores. Vou lhe apresentar. A gente joga um pouco, o senhor vai vendo e me diz. E, sim, nós estamos namorando.

NO COMÉRCIO

BARRA-PESADA, UTI LOTADA. Tem plantão de fim de semana que parece chegar de encomenda. Tinha jogo do Flamengo na TV, o Remo jogava no Mangueirão, show da Gretchen, Anitta e a galera se batendo. Gente retalhada, outro com pressão alta, aquele com AVC, a senhora que toda vez ia parar lá, nada de morrer. Segura essa onda! Não dá nem pra dormir. Você pensa que cheirar uma carreirinha podia dar um *up* e, na verdade, ali, como intensivista, é preciso ter os nervos no lugar e as mãos precisas. Decisões rápidas, equipe entrosada, uma turma que depois ia contar piadas, mas na hora de salvar vidas, todos juntos. Aquela sensação de abafamento não passava. Ia e vinha uma vontade de explodir. Ali dentro, no hospital, nas salas de operação, emergência, sentia-se em casa. Fora, no mundo, tudo era confuso. Assistia futebol, filme, livro não lia porque dava sono. Mas não se ligava. Ficava como que à espera de um chamado, pois estava de prontidão ou à disposição para plantões. A mulher tinha seu mundo, sempre em chás beneficentes, onde todas, inimigas umas das outras, posavam sorrindo amarelo para páginas de colunas sociais repetidas, as mesmas pessoas, todas as semanas. A filha era pior ainda. Uma pra cada lado. Patricinha cheia de marra e de vontades, que vivia no celular. Ele dava tudo, primeiro, porque houve um tempo em que ela era sua princesa – embora agora o tratasse meramente como fornecedor de dinheiro, nunca mais correndo para seu colo nem o cobrindo de beijos –, mas também porque se livrava das cobranças. Arruma um hobby, qualquer mania, Sérgio. Ficas andando pela casa, parece um zumbi, sem nada pra fazer. Então saía e procurava lugares fora de vigilância, com pouco trânsito de pessoas. Olhava ângulos de câmeras. Estava abafado. Três e meia da manhã e ele avisou que ia fumar um cigarro, talvez fazer um lanche. Qualquer coisa, liga no celular. Quando sentou-se para dirigir, a respiração veio forte e ficou ofegante. Ligou o som, botou Vangelis para relaxar. Com a respiração mansa, rumou para o Comércio, região da João Alfredo. Entrou na Osvaldo Cruz, passando ao lado da Praça da República, cruzou a Presidente Vargas e dobrou na Primeiro de Março. Relanceou o olhar para onde já tinha estado. Ninguém. Diminuiu a marcha. Cruzou Aristides Lobo, Ó de Almeida, Manoel Barata, Santo Antonio e viu. Baixinho. Ou baixinha. Cheirando cola. Grogue. Desligou a luz. Estacionou. Vestiu as luvas. Linha nas mãos. Respirou fundo, para se controlar. Aproximou-se. Era um garoto, pivete, cabelo imundo, grande, descalço, com uma granada de água cheia de cola. Ele olhou desconfiado e Sérgio deu o bote. Para quem estava grogue, reagiu rápido, tentando correr. Livrou-se das mãos, mas levou uma rasteira e caiu de cara na calçada. Sérgio mergulhou e botou todo o seu peso nas costas. O garoto quis escapar. Veio-lhe uma raiva enorme e ele nem se deliciou. Apertou com toda a força, expulsando a raiva, embutindo tudo na linha que dilacerou a garganta do menino. Sem ruído. Murmurava filho da puta, tu és meu, tu tá morrendo, filho da puta, que delícia, caralho, que bom! Ele vomitou sangue e a vida se foi. Não gozou. O menino também não cagou. Morto de fome, vai ver. Quando passou o furacão mental, sentiu o mau cheiro das roupas. Ficou de quatro. Lançou olhares. Câmeras. Alguém em um prédio? Não. Preciso dar o fora. Uma velha olhava da janela de uma casa antiga, que embaixo tinha uma loja de armarinho. Ela estava petrificada. Não mostrou o rosto. Entrou no carro. Saiu rápido.

Desceu até o Boulevard Castilhos França. Parou no sinal. Tirou as luvas. Álcool no guidão. Nas mãos. Camisa suja da calçada. Tudo certo. Abriu as janelas para pegar vento. Acendeu um Rothmans. Pegou a avenida Portugal no rumo da Esther Lanches. Ufa. Como isso é bom! Saiu o peso do peito. Poxa, nem gozou. Fica pra outra vez, ou então a Yvonne vai entrar em pica... Riu sozinho já imaginando a mulher chata reclamando de ele falar essas coisas. Mulheres. Toca o celular. Tá, já vou. Nem deu pra lanchar, né? Esther, rápido, pra viagem. Um xis tudo, mana.

PAULA E MAROLLO

AH, QUER DIZER QUE esta é a tão falada e comentada mulher que roubou o coração do Gil, que ele agora se esquece de tudo, chega atrasado e a gente pega ele olhando pro infinito, com um sorriso? Dr. Marollo, esta é a Paula, minha namorada. Muito prazer. Fique à vontade. Tudo bem. Mas Gil, que moça bonita tu foste arranjar. Paula, olha, eu só quero saber o que foi que tu viste nessa figura, nesse menino feio aqui, pra namorar com ele, hein? Paula encabulada. Não, estou brincando. Sejam jovens e namorem à vontade. Doutor, como eu lhe disse, a Paula é uma excelente jogadora de pôquer. Ah, sim, tu me disseste, Gil. Vai mostrando a casa pra ela e logo mais aguardo uns amigos lá na mesa, que tu sabes, e ela pode dar uma olhada e de repente até jogar. Mas és tu quem vai bancar, né, Gil? Não precisa, dr. Marollo, eu tenho meu dinheiro pra jogar. O Gil fica com o dinheiro dele... Me desculpe, Paula, eu não quis ser rude, na verdade, me expressei mal e não fui nem um pouco cavalheiro. Fiquem à vontade e logo nos vemos, crianças. Ai, Gil, eu e a minha língua. Será que ele ficou chateado? Não, que é isso. Ele não gosta é de mosca-morta. Daquele que concorda com tudo. Subserviente. Só não pode desafiar é na mesa de pôquer. Esse cara todo educado, fala mansa, cheio de dedos, vira um animal. Não gosta de perder. Nem no futebol. Uma vez, eu estava em outro emprego e tínhamos um time dos funcionários, que jogava no sítio do patrão. Ele levou o time dele, médicos e funcionários, gente daqui também. Eu fiz gol e ele acabou perdendo. Depois veio falar comigo, todo gentil, mas os olhos dele me fuzilavam. Gil, falando assim dá até medo. Deixa disso. Deixa pra quando estivermos juntos na mesa. Faz o teu jogo, não mira ninguém. Ele é quem vai mirar. Não desafia nem ganha dele. Quando eu te fizer um sinal, sai, não quero mais, preciso ir, me leva pra casa. Melhor, diz pra ele que preferes ficar de fora olhando ele jogar, tá ligada? Ele vai me dizer se gostou de ti. Aí, tu vais virar uma profissional. Claro, a gente sempre tem uma ou outra diversão aí por fora, mas aqui é comissão. E, mesmo assim, vai valer a pena. E tu vais sabendo os macetes. Ganhou e ficou feliz? Tá de castigo por causa da cara alegre. Todo mundo ligado em todo mundo. Essa comissão, teoricamente, é pra pagar os baralhos, e é tudo baralho caro, desses de trezentos reais, da marca Ken. Em uma noite se usa uns cinco, seis baralhos desse. Aí o dinheiro paga baralho, bebida, comida, funcionário e ainda tem as gorjetas. Ah, ainda tem cozinha, crupiê, segurança, isso aqui é um Boeing que levanta voo. Fica tranquila porque a gente ganha mais ainda que os jogadores. E não aparece aqui nenhum trapaceiro? Eu peguei um, em uma mesa ali na Cremação, os caras chamaram a polícia, mas ele se mandou. Sabe qual era o truque? Tu sabes que pra receber a carta importa até o lado em que está o naipe. Olha aqui como dá as cartas, me empresta o teu baralho. Pega do lado com uma das mãos e a outra dá, né? Mas o cara trocava de lado, era canhoto. Aí ele deixava um isqueiro Cricket na mesa. Muito esperto. Quando ele ia dando a carta, em um relance ele via a carta que estava indo pra cada um, no reflexo aqui no metal do isqueiro. Claro, o cara era bom, rápido, já era velhão, mas pegaram no ato, nem lembro quem foi que descobriu o truque. O doutor me falou de um cara de Teresina, que até já morreu, o Helio Boiadeiro, fazendeiro rico, tudo ganho no jogo. Ele roubava, mas ninguém sabia como. E o Peruquinha? Era de Porto Velho, escondia cartas na peruca. Dava cinco cartas pra cada um, mas ele próprio tinha umas dez. Outro guardava cartas na camisa. Os botões da camisa eram falsos e tinha um fio amarrado da ponta da camisa até o dedão do pé. Quando ele esticava o dedão a camisa esticava e parecia tudo normal. E aí, como é que faz aqui com trapaceiro? Não faz escândalo. Chego junto e digo: meu irmão, tá na hora de parar, tem gente na tua frente, sai na boa e nunca mais aparece aqui. O trapaceiro, na verdade, se caga de medo de ser apanhado, mas não consegue parar. É a adrenalina. Descobertos, atendem ao chamado e se mandam com receio de serem presos. São pessoas de grande sensibilidade. Tinha um que usava óculos especiais e trazia o baralho. Nas cartas estavam números grandes que só ele via. Mas também já vi truque do cassino pra recuperar o dinheiro perdido. Tem o cara e nessa noite só dá ele. A gente tenta de tudo e ele ganha. Prepara um baralho lá fora. Jogo grande, trinca de dez e par de ás. Dou pra ti o jogo e separo pra mim um maior. Jogo sacaneado mesmo. Tu mesmo embaralhas e na hora pedes pro cara cortar. Discretamente vem um funcionário e coloca outro baralho na mesa, aquele que foi preparado. Aí tu vais com tudo, aposta pra arrebentar o cara. Eu posso passar a noite te ganhando mil, mil e quinhentos e eu já estou te devendo trinta mil, por exemplo. Mas em uma das mãos eu ganho trezentos mil teus. Tem de conduzir o jogo. Tu, com jogo grande, podes ganhar xis reais, mas eu, com o mesmo jogo, ganho mais. Uma vez fiz uma aposta grande. Perdi meu apartamento na mão. Tinha comprado. Outra vez, um blefe. O cacife era cinquenta mil. Gente rica na mesa. Milionária. Estava lá o Rei do Caribe, um alto funcionário do Banco da Amazônia, um contrabandista, e eu fui jogar. Dr. Marollo na mesa. Aí pedem uma carta pra mim e o cara apostou vinte mil. Eu disse teus vinte mil e mais cinquenta, joguei o cheque, meu coração no tum tum tum porque era blefe, não tinha jogo e tava apostando com um dos homens mais ricos do Pará. Era um merda, gordão, se acabando no camarão, meio careca, só no *scotch* importado, então ele disse que eu era muito audacioso. Tu sabes quem eu sou? Sabes com quem tu estás te metendo, garoto? Eu disse meu amigo, pra mim aqui não tem negócio de cara grande ou cara feia. Sustentei o olhar. Por dentro me tremia todo, emoção, adrenalina. O dr. Marollo pediu pra ver o meu jogo. Mostrei. Ele viu que eu não tinha nada. Virou pro cara e disse Armando, Armandinho, melhor não te meteres porque o moleque é foda. O cara considerou e eu ali, jogando a vida. Pra ele era nada, apenas se saísse perdia. Saiu. Ganhei. O dr. Marollo me deu uma comissão ótima ainda. Depois foi se entender com o cara. Mais tarde nós conversamos. Pra ele não era nada. Pra mim, era tudo. Olha, já estão chamando. Vamos.

FEDERAL

DEZ DA NOITE. PAULO estaciona próximo à Penitenciária de
Americano. Vem aquele vulto distante, andando, despreocupado,
fumando um cigarro. Douglas. Prazer, Paulo, mas todos me chamam de Federal. Cadê o resto? Ali adiante. Não quis trazer muita
gente. Belém na reta, campeão. Rodamos um pouco para o
Douglas matar a saudade de sua cidade. Jurunas, Federal. Sabe a
Triunvirato? Sei. Perto. Vai por lá. Te digo onde dobrar. Ligou do
celular. Tudo certo? Chegando. Eles estão de bóba no bar, jogando sinuca. É chegar e raspar. Sem pena de ninguém. Mulher,
moleque e os caralhos. Estacionaram e foram. Eram quatro. Houve um ou dois que parece que adivinharam e saíram correndo.
Aquele momento de silêncio. Susto. Que porra é essa? Lavamos
a área. O Douglas sabia quem queria. Foi lá e deu dois tiros de
misericórdia. Vamos rasgar. Silêncio no caminho. A respiração
voltou ao normal. Douglas, por que tu não foges de uma vez? Sais
na hora em que queres... Tenho meus esquemas. Isso é comigo.
Para aí na Santa Helena pra gente tomar uns gorós. Federa, só
nós dois. Tem um esquema em Colares, sabes? Sei. Colares, onde
tem disco voador. Isso é mentira. Tem uma parada lá. Os caras
tão construindo um submarino. Quê? É, um submarino, porra,
sabe o que é? Claro que sei, mas porra, um submarino em Colares?
Pois é. Sem lero-lero. Tem dois parças lá comigo em Americano.

Dois peruanos. Eles tão financiando. A droga vem e tu vais levar pra lá, assim que o submarino estiver pronto. Te ligo e te dou a letra. Guarda contigo. Te fecha com isso. Falou.

MASSACRE NO JURUNAS. CARRO PRATA LIQUIDA DOZE DE UMA VEZ. Até na Record passou a reportagem. Acerto de contas. Vai saber. Coisa do Douglas. Esse pessoal do CV tem seus lances. No mais, aqueles dias até eram chatos e comuns. Paulo pensava no tal do submarino. Podia sair debaixo da asa do Douglas e fazer o meio de campo sozinho, com os peruanos. Acho que rolou uns trinta dias depois. Douglas ligou. Mudança de planos. Te liga. Os peruanos vão vazar. Vem uma galera aí, do Piauí, gente da pesada, armamento de guerra. Tem um esquema aqui e eles vão vazar os peruanos, mais uns caras que são da irmandade, tá ligado? Tu dás cobertura. Eles vão chegar amanhã aí. Vai mocozando tudo e aguarda que vai ter um chamado.

Eles chegaram. Oito caras. Bandidos. Ponto quarenta, metralhadora, explosivos. Porra, aquilo é uma bazuca? Égua. Eles iam meter bronca. Tinha um acerto com alguém de dentro. Conosco era a cobertura. Eles se mandam e quem vier atrás a gente queima e depois também se manda. Me mostraram o plano no papel. Eu estudei, sabia ler aquilo. Parecia fácil, se o lado de dentro funcionasse.

Madrugada. Umidade. Tudo escuro. Explosão. Tiros. Holofotes acesos. Via vultos correndo. Alguns caindo. Cadê os caras? Cadê os caras, porra?! É rápido que a gente percebe que deu merda. Vamos vazar? Espera aí, deixa ver. Espera nada, porra, vamos vazar. Saiu cantando pneu e agora tinha carro atrás, atirando, puta que pariu. Ganhou distância, apagou as luzes, entrou em uma vicinal, o Bolinha sabia, entra aqui, porra, agora, rasga pra esquerda. Para, não faz barulho. Só a respiração doida! Desistiram? Se perderam, acho. Silêncio porque de repente eles, que estão perdidos, nos acham. Saiu todo mundo do carro. Jogaram mato em cima. Agachados. O Bolinha disse pra gente deixar tudo lá e ir andando. Tinha um barraco de um sítio onde só iam no sábado pra jogar futebol. A gente passa a noite e amanhã dá um jeito. Manhã. Vamos? Mensagem no celular. Não. Só isso. Puta que pariu, alguém dedou a gente. Vamos nos espalhar. Depois a gente volta. Deixa o carro guardado aí. Enterra as armas. Paulo foi até a estrada. Pegou um ônibus. No caminho, Americano. Monte de carro de polícia. Parentes de presos na frente. Voltou para Belém. No quintal da casa. O dinheiro enterrado. Pegou parte. Olhando para todos os lados. O vizinho aposentado disse que já tinham ligado pros homens. Ele era procurado. Havia recompensa. Onde poderia se esconder? Conjunto Maguary. Supermercado Bonitinho. O Cabo Riba. Quero falar com ele. Ao ouvir o nome, cenho franzido. Que Cabo Riba? Papo sério. Selado. Tá armado? Tô. Pode ficar. Tu és o Federal? Sou. Deu merda em Americano, né? Foi. Olha aqui. Estendeu o jornal. FUGA ABORTADA EM AMERICANO. 14 MORTOS, 2 PERUANOS, INTERNOS E BANDIDOS DE QUADRILHA. O negócio foi sério. Pegou pra capar. Sabes alguma coisa? Sei nada. Tava na cobertura. Deu errado. Os tiras sabiam, acho. Falaste com o Douglas? Não, estão todos fechados. Sem papo, revista e os caralhos. Cabo, tô sem lugar pra ficar. Quero ser do teu time. Do meu time? É. Não faço caso de posto nem nada diferente dos outros. Preciso dar um tempo em lugar seguro. E qual é a razão pra eu te aceitar? Tu chegaste lá no Cabelo e tomaste o lugar dele. Como eu sei que aqui não vai ser assim? O Cabelo armou uma casinha pra mim. Me mandou matar um vereador de Marituba, mas, quando chegou na hora, não era vereador, e sim o prefeito. E depois de apagar, o capanga dele, um tal de Israel, ia me despachar. Tudo limpeza, tá ligado? Na hora eu saquei e resolvi a parada. Não teve jeito. Agora eu te pergunto se me aceitas e se preciso me cuidar. Porra, tu não és o tal do Federal? Como vai ficar se eu sou o Cabo, hein? Olha, pede pro Preto te levar lá no hotel e pegar um quarto pra ti. Sem arma. Descansa aí que tua cara tá uma merda e a gente se fala. Sem ranço. Sem trairagem. Fica frio. Aquele Cabelo era um belo de um filho da puta também.

QUEM GOSTA DE PERDER

SALA BONITA, GRANDE, MESA REDONDA, garçons servindo, uísque farto e generoso. Fumaça. Sim, há quem fume. Estava acostumada. Cumprimentou e sentou-se. Meus amigos, esta é Paula, que hoje veio pela primeira vez ao Royal. Eu a convidei para nossa mesa e espero que todos nós tenhamos uma grande noite. Tensa. Queria ter ido ao banheiro antes, cheirar uma carreira para segurar a onda, mas isso ainda não estava dito entre ela e Gil. Ele podia não gostar. Vai entender os homens. Estava ali para trabalhar. Para crescer. Ali seria o topo? Por enquanto. Já tinha notado os olhares gulosos de todos, especialmente do dono da casa. Velho babão. Simpático, mas babão. Se precisasse entregar algo mais para subir os degraus, entregaria? Sim. Mas agora era o jogo. Mirou no velho de cabelos bem brancos, vestido de branco, que estava à sua esquerda. Como Gil avisou, nunca em Marollo, e logo percebeu que havia um alvo de quase todos presente. Camisa Lacoste, descontraído, ele queria mostrar a todos o seu poder financeiro. Distribuía notas de cem no bolso dos garçons. Ligou para a mãe em São Luís. Estava querendo maniçoba da melhor. Vou mandar o Ênio te deixar aí. Ligou para Ênio, o piloto de seu jatinho. Deu o endereço. Vai deixar lá pra mamãe e volta pra cá. Não, não sei a hora em que vai acabar. Tens algum compromisso? Ah, não, está bem, melhor assim, em tom irônico, disfarçando a estupidez e a ameaça implícita ao empregado. Um bom jogo de pôquer demora até umas cinco horas, mais ou menos. O Marollo, todo simpático, um garçom sempre atento ao refil do *scotch*. Sim, já vi, percebi, Marollo quer o maranhense. Está ligado em tudo. Vai na manha. Ganha aqui, perde ali, sai fora, volta. O maranhense está ganhando. Mas no jogo não tem sorte ou azar. O profissional vai tirar o teu dinheiro e pronto. Vou ficar olhando. Estou na média, empatando, faço de conta que não sou ameaça pra ninguém. Bobalhões. É mais do que podem pensar. Sou mulher, não ameaço ninguém. Vai ver que Marollo me colocou ali como uma samambaia, um adorno para a mesa. Fico tentada, mas, naquela noite, apenas observo. O tempo passa, olho para Gil, que está atendendo a todos, e noto sua preocupação. O maranhense está ganhando bem e o uísque faz efeito. Ele se gaba, para irritação de Marollo, que detesta perder. Alguma coisa deu errado em sua tática. É a noite do cara. Saio fora. Deixo a casa pegar fogo. Vou degustar meu uísque de banda. São alguns milhões perdidos. Nunca tinha visto tanto dinheiro. Dá medo a tranquilidade de todos. Então era assim? Marollo chama Gil e dá um recado. Gil vai. Faz um sinal. Que o aguarde. Marollo tem a cara fechada. O maranhense, Altino, recolhe as fichas e estende a mão para cumprimentar. Tudo certo. É do jogo. Boa viagem. Não se preocupe, tem uma van pra te levar, com seguranças. Vai pro hotel ou pro aeroporto? Aeroporto, direto. Está amanhecendo. Melhor assim. E sai cantando "quem parte leva saudade de alguém"...

Fim de noite. Marollo tem os olhos vidrados. Bêbado. Decepção. Paulinha, você vê, nem todas as noites são de alegria, não é? Mas é preciso engolir a raiva e sorrir. Faz parte do negócio. O Gil foi ali adiante e já volta. Vamos sair daqui. Vou te levar pra outro ambiente, em que ficaremos à vontade. Incrível como aquele homem, de um estado de frustração, imediatamente retornava à sedução e ao charme. Paula decidiu fazer o jogo. Estava trabalhando, não se divertindo, fosse na mesa do jogo, fosse fora. Havia uma suíte maravilhosa, a meia-luz, sem fumaça, temperatura ideal, enfim, mais um detalhe a conhecer. Bronco trouxe bebidas, salgadinhos. Sentaram-se em poltronas deliciosas. Bom que já seja domingo. Seria difícil seguir direto para o hospital. O senhor faz isso muitas vezes? Sim, por necessidade. Por isso montei esta suíte aqui. É bom que sua esposa compreende, não é? Claro. Ann Marie é maravilhosa. Tem uma vida no bom e no melhor, como merece, criando nossos filhos. Perdoa-me este pecado de gostar de pôquer. O Gil adora o senhor. É um bom rapaz. Honesto, bom jogador. Gosto dele. E você? Eu o quê? Gosta dele? Ele me pareceu bem apaixonado por você. Nós estamos apenas nos conhecendo. Você é uma moça muito linda. Linda, mesmo. Paula olhou a mão de Marollo pousando em seu joelho. Linda de virar a cabeça de qualquer um. Mas o Gil tem muita sorte mesmo. O senhor também é um homem muito charmoso, doutor... Desculpe se pareço invasivo, mas notei você indo algumas vezes ao reservado. Por favor, não me imagine pensando asneiras, mas é que sempre devemos ter o melhor para nós, não é? Abriu uma caixa bela, de madeira trabalhada. Esta aqui é a mais pura de todas. Não faz mal nenhum, ao contrário dessa que é vendida na rua, cheia de endolação, mistura e tal. Aceite este presente e, sempre que quiser, já sabe. Gil chegou. Hábil, Marollo mudou a atitude, recolheu a caixa. Paula manteve a linha. Afastaram-se. Conversaram baixo. Vamos. E aí? Já te conto. Gil, tua namorada é um estouro. Bela menina. Parabéns! Obrigado, doutor. Até logo mais. Até.

Ainda vais te encontrar com ele? Claro. Preciso fechar a noite toda: quem jogou, quem comeu, quem bebeu, quem ganhou e quem perdeu, quanto, em quais máquinas. Ele é uma águia. Faz perguntas impertinentes só pra ver se eu gaguejo, sei lá. Confia desconfiando. Estou acostumado. O que tu foste fazer? Uma história boa. Sabe o maranhense? Altino. O cara é fornecedor de equipamentos pra aquela base espacial do Brasil, que fica no Maranhão, e até pra uma dos franceses na Guiana. Ganhou alguns milhões. Fiquei impressionada. É, ganhou, mas não pode levar. Como, não? Fica tranquila, ninguém jamais iria roubar, nada assim, mas o cara não pode ir embora pro Maranhão com todo esse dinheiro aí, né? E... Achei o piloto do avião. Estava lá no Locomotivas. Onde? Ah, não vem me dizer que nunca ouviste falar. Um puteiro. Ofereci cem mil para ele dizer que o avião estava com problema e somente na segunda poderia resolver. O cara disse não. Estava agarrado com uma loura bem... quer dizer, deixa pra lá. Sabe em quanto morreu? Quinhentas pilas. Quinhentos mil? Tinha de fechar. De qualquer maneira. Ele levou, acho, uns seis milhões. Ainda estava lá quando o baitola do patrão dele ligou. Disse pra ele ir pro aeroporto aguardar pra dizer que não podia viajar. Levei ele, meio bêbado. Cheguei e fui pro balcão das companhias aéreas. Só a Gol tinha um voo às catorze horas pra São Luís. Tinha ainda dez lugares. Comprei à vista. Agora ele não volta nem fodendo. E aí? Aí que vamos passar o dia pedindo aos amigos dele que liguem, mandando mensagem, dizendo que o cassino vai abrir excepcionalmente no fim da tarde, com uma mesa de pôquer somente com gente empapuçada de dinheiro. Aí, logo mais eu ligo pra saber se ele fez boa viagem e, quando disser que está em Belém, ofereço de um tudo pra ele vir jogar. O cara é jogador. O vício fala mais alto. A adrenalina. Chegar como o maioral. Dizer gracinhas. Ele não é profissional, apenas um viciado que teve uma noite rara. E eu vou jogar, também, junto com o Marollo.

Paula nem dormiu direito, excitada por tudo. A noite, o monte de dinheiro, o jogo, Marollo sedutor, oferecendo coca da pura, deu água na boca, e, agora, um golpe a ser dado. Era muita coisa. E o Gil, que nem vai dormir?

O Royal estava quieto, a não ser pela sala de jogo. Estavam os barões e alguns que ele não conhecia. Gil disse que ficasse olhando. Desta vez ele estaria à mesa. Jogadora, aquilo de ficar assistindo não era enfadonho. Ainda mais naquele passa-passa de garçons insaciáveis enchendo seu copo. Bronco lhe trouxe algo envolvido em um lenço. Adivinhou o que era. Sorriu. Gil olhando. Vai precisar contar. De vez em quando, uma carreirinha no banheiro. Observou o maranhense. A coisa era além da matemática. Ele coçava atrás das orelhas quando o jogo não era bom. E, quando gostava, balançava os joelhos. Movimento difícil de perceber, mas dava para ver o balanço discreto dos quadris, quando acontecia. E ainda se arrumava na cadeira. Olhou para Gil. Concentrado. Um relance. Piscou. Sim, ele também via. Não terminou tão tarde. O dinheiro foi recuperado, principalmente por Gil. O maranhense, agora, não cantava mais. Estava frustrado, mas consciente. Não houve roubo nenhum. Ele era apenas um jogador por diversão, pela adrenalina. Nem percebeu ter perdido para um profissional, a quem não importam a sorte ou o azar. Ele mirou no cara e acertou. Vou tomar teu dinheiro. Tomou. Já tens passaporte? Eu não. Nem eu. O Marollo me deu gorjeta grande. Podíamos ir a Miami passar dois dias. O cassino vai abrir somente na quarta. Anota aí que precisamos providenciar. Onde queres dormir? Ligamos para o Hilton? Na cama, corpo com corpo, Paula, eu sei que tu cheiras cocaína, viste? Eu ia contar. Não sabia se ias gostar. Como tu achas que eu ia aguentar essas horas todas de pé? O doutor também sabe. Me ofereceu. Eu vi. É, me mandou. Da pura. Disse que precisamos sempre ter o melhor. Então vamos cheirar uma juntos! Tem uma coisa que eu quero te pedir. O que é? O teu cuzinho. Como uma homenagem ao grande vencedor da noite. Tu me dás? É que sou... Eu sei. Mas eu sei fazer. Aprendi. Tu terás de gostar, entendes? Se doer e tu disseres para, para na hora. Cuzinho só com prazer, senão vira estupro. Queres tentar? Tenho uma cuíra nesse teu cuzinho. Quem sabe? Então vem me mostrar que eu vou gostar.

O COMEÇO DO FIM

O INTERFONE TOCOU UMAS TRÊS DA MANHÁ. Deu vontade de nem atender, mas já fazia alguns dias sem comunicação. Passei uma água na cara e fui. Venda e coisa e tal. Velho, desculpa o horário, mas me lembrei de ti. Bronco, acho que já dá pra tirar essa babaquice de venda e voltas e voltas pra chegar aqui. Eu sei muito bem onde estou. Já é hora de ter confiança em mim, não é? Dá pra ter confiança? Tá bom. Vamos lá pra minha sala. Toma um uísque? Ah, esqueci. Cadê a Coca-Cola do homem? Bronco, me leva na sala do pôquer, onde Marollo, Gil e Paula jogavam. Vou pegar a chave. Lá ninguém entra. Só eu. E, agora, tu. Uma mesa grande e redonda. O baralho estava novinho, ainda na embalagem. Em volta, móveis onde colocar bebidas e comida. Na parede, parecia que ficava, antes, uma televisão, sei lá. Me sentei e fiquei contemplando, imaginando aqueles trouxas e outros ricaços ali, se divertindo, enquanto os profissionais trabalhavam. Onde paramos da última vez? Eu queria saber dessa Paula, que virou a cabeça de todo mundo. Virou mesmo. Virou a tua? Cara, no começo era aquela coisa, jovem, bonita e tal. Mas eu logo saquei a dela. Seduzia as pessoas, queria dinheiro, muito dinheiro. Também começou a beber muito e cheirar cocaína. Ela disfarçava, mas todo mundo da casa sabia. O Gil parecia não ligar, e o doutor, acho, até fornecia. Foi o começo do fim. O Gil eu até desculpo, porque era jovem, mas o doutor, maduro, comedor profissional, também caiu na onda daquela menina. Ela virou a rainha do Royal. Desfilava pelo salão, dava ordem, circulava, montava sua mesa e faturava. Tinha coroa que já chegava com o bolo de notas nas mãos somente pra merecer atenção. Não podia acabar bem. Mas desde que o Gil chegou tu perdeste um pouco de poder, não? E do Gil tu não pareces sentir nada, mas da Paula noto um certo rancor, não? O Gil era sangue bom, de confiança, mas ser humano, né? Gostava de dinheiro, claro. Não perdi todo o poder. Fiquei com o que me interessava. O doutor me passou a coleta de algumas bocas, alguns pontos, e fui me segurando. Mas então... Seu Bronco, está na hora. O Chuta veio dizer. Escritor, te ligo outro dia. Parecia apressado. No rosto, pela primeira vez, um sinal de preocupação, estresse, aborrecimento, tensão, sei lá. Tá tudo bem? Tá, claro. Beto, leva o Escritor. Bronco, não... É, não precisa pôr venda, essas porras.

ATÉ O GOVERNADOR NO BOLSO

AQUELA NOITE JÁ NÃO HAVIA COMEÇADO BEM. Imagina que me aparece um delegado, querendo alvará, fiscalização, o escambau. Liguei pro secretário de Segurança. Logo chegou outro delegado com guardas e levou o tal delega querendo aparecer. Ficou um clima. Não estávamos acostumados a ser ameaçados. Pelo contrário. Frequentemente recebíamos políticos importantes, prefeito, governador. Artistas de televisão que traziam peças pra mostrar no Teatro da Paz, iam fazer uma fezinha. Não sabiam que o dinheiro de Marollo estava por trás de uma espécie de seguro contra fracassos, ausência de público, por exemplo. Paula estava em uma mesa importante. Dessa vez, outra mulher presente, esta, já conhecida da casa, Yvonne Aragão, *socialite* que após aparecer em fotos de chás de caridade se acabava na mesa verde. Aos poucos, com a bebida e as perdas, seu comportamento ia ficando desagradável, maquiagem borrada, e ela continuava perdendo.

Ouvimos o ruído de sirenes. É claro que ficamos tensos. Eu, por exemplo, já achando que o delega de logo cedo tinha voltado pra causar escândalo. Bem, ninguém fica indiferente ao ruído de uma sirene. Marollo pega o telefone. Três da manhã. Porra, Gervásio, te acordei? Pois é mesmo pra te acordar, porra! Estou aqui, me divertindo, jogando um pôquer com amigos e vem o maior barulho de sirene? Porra, Gervásio, tu és o governador ou não desta merda aqui? A gente fica mal, nervoso, cara, tira o astral, tira o prazer. Vai saber agora o que é e resolve, porra. Isso é acerto nosso!

Ficou aquele silêncio. Vamos dar uma pausa. Uísque para todos, serviço de mesa, vamos! Uns quinze minutos depois o telefone toca e ele, mais calmo, comenta: sim, uma ambulância? Ah, tá. Mas como é que dá pra saber, governador? Manda um beijo pra tua mulher, a primeira-dama. Ann Marie gosta muito dela. E olha, Gervásio, tu estás me devendo, viste? Fiquei nervoso e perdi a mão aqui no jogo. Tu vais me pagar, viste?

Mais tarde, Marollo se levanta da mesa. Está encerrado o jogo. Pesado, ele precisa de uma rápida soneca antes de ir para casa. Bronco o chama e avisa que Yvonne o aguarda na suíte. Porra, já está ficando pra costume pagar dívida de jogo com boceta? E logo aquela ali que já está caçambada! O senhor quer que eu a retire de lá? Não, meu amigo, mesmo caçambada, viciada em jogo e bêbada, ainda é uma beleza de boceta, entendeu? Não dá pra dispensar. E é boceta de Rainha das Rainhas, caralho! Encaminha--se para a suíte e dá dois beijinhos em Paula, que se preparava para ir embora, também, com Gil. Sentiu seu perfume, o toque dos seios ao abraçar. Boa noite, queridos. Entra no quarto, ah, Yvonne, Yvonne, danadinha, não pode ver um baralho que vai logo pra perder, não é, minha pretinha? Poxa, Marollo, quebra meu galho, tá? Olha aqui. E mostra-se, nua, na cama. Vem pra cá pra eu desabotoar essa tua roupa. Deixa eu começar aqui por baixo, botar pra fora esse teu pintão gostoso, deixa. Yvonne e sua língua suja. Adoro mulher que na cama tem a boca suja. Toma, criança, faz ele crescer. Olha, deita assim, isso, de costas pra mim, deita. Deita-se sobre ela, beija seu pescoço, arrancando gemido, e comenta: não podes passar sem pica, não é? Se tu passas e tem escrito na parede a palavra pica, aposto que corres pra te esfregar nela, não? Corro. Corro mesmo. Gosto da tua pica, Marollo. Ele pensa que ela faz tudo para pagar sua dívida.

Essa trepada está muito cara. Começa a gozar e pensa em Paula. Paulinha, Paulinha, vai ser minha. O quê? Nada, nada, gostosa. Agora vai, vai pra tua casa. Obrigado, Marollo, nem tenho pressa. Meu marido está de plantão.

NO CARRO PRATA

NOVAMENTE EM JULGAMENTO. MATAR UM POLICIAL. Pegar a arma. Maneira de entrar na facção. Vamos lá. Um emprego como outro qualquer? Basta não deixar a emoção participar dos atos. Não conheço as vítimas. Às vezes, nem o nome. Basta chegar e disparar. Precisa de boa pontaria. Não posso falhar. Serviço limpo. Nada de serviço porco. Os olheiros ajudam. Localizam, dão a letra do melhor momento. Cara de Peixe é o motora. Conhece todos os becos. Fala pra caralho. Esse é o seu defeito. Qualquer dia vai foder a vida dele. Um tal de Serginho Bonanza, ex-Rotam, aposentado por ter levado uma bala no quadril e andar mancando, opera no Mosqueiro. Mataram o pai e ele assumiu, cheio de marra. Deve ter suas dívidas com o Cabo, sei lá. Cumpro minha missão. É jogo do bicho. Gente disputando os pontos. Tá rolando uma festa de aparelhagem ali no Murubira. Estacionamos algumas ruas antes. O Cara de Peixe quer descer e tomar umas. Comigo, não. É meu serviço. Depois até podemos. Ligam e avisam. Está saindo. Boné branco, escrito Bonanza. Camisa azul aberta no peito, tem medalhão, calça branca, sem erro. Está bêbado e a proteção ficou para trás. Vai. Nunca foi tão fácil. Tem aquele olhar que ao mesmo tempo pergunta o que está acontecendo, pensa e dá a resposta, procurando fugir. Não há tempo. Atiro na têmpora. Só outra, meu. Quatro vezes, a cabeça está espocada. Vem gente correndo. Não dá pra pegar a arma do cara. Atiram. Uma bala raspa o pescoço do Cara de Peixe. Ai, caralho! Deixa eu ver. Não para. Dirige. Foi um arranhão. No caminho a gente para pra ver melhor. Tá ardendo, porra! Segura tua onda, porra. Tá nervoso? Sempre fico um pouco. Descarga de adrenalina, sabe? Já está passando. Eles vêm atrás, então soca o pé nesse carro pra gente se mandar. Antes de chegar na ponte, entramos em uma vicinal, trocamos de carro e voltamos a Belém.

E agora? Ali na Terra Firme, sabes uma tal de Vila da Dona Graça? Deixa eu pensar. Sim, ali perto da passagem Nova e a Liberdade. Sim, mas é passagem Sebastião. Tá na mão. Toca o telefone. Está limpo. Ele está na quitinete alugada. O nome é Mata Boi. Bota o capuz porque aqui tem muita gente. Subi a escada de madeira velha aos saltos. Dei um pontapé na porta e a arrombei. Mata Boi estava ajoelhado, rezando. Quando olhou, levou o tiro entre os olhos. Os outros foram pra se certificar, assim dizendo ele. Uma garrafa de Devassa aguardava. Melhor não tocar no copo. Impressões digitais. Mas no bolso pode. Só boró. Sabe lá o que aprontou pro Cabo Riba. Nem vi a plaquinha, Amigo do Cabo Riba, aí na porta. Mas isso não é pra mim. Tudo certo? Vamos pra casa dormir. Parabéns. Agora tu és do nosso time. CARRO PRATA LIQUIDA MAIS DOIS NO MOSQUEIRO E TERRA FIRME. Homens encapuzados. Atiram e fogem de carro. Mas todos estão dizendo que o assassino é um tal de Federal. De Federal não tem nada. Testemunhas garantem que ele já foi da Polícia Civil, teve problema de suborno com drogas, assassinato e mergulhou no crime, matou até um prefeito. Um meliante bem perigoso, por conta do preparo intelectual.

ELA É MINHA

LEVANTOU-SE DA CAMA EM UM PULO. Uma decisão havia sido tomada. Antes, não conseguia dormir nem manter a compostura. Mulher nunca havia sido problema. Conquistador, papo reto, todas na mão. Ann Marie foi a partida para o sucesso. Mas não foi tipo se casou e correu pro abraço. Triplicou ou até bem mais o que recebeu. E, de vez em quando, uma daquelas panteras viciadas em jogo vinha oferecer seu corpo para pagar dívida. Ann Marie virou apenas a mãe de seus filhos. Tesão sumido havia tempos. Irmãos? Amigos. Nem tanto. Ele a mantinha em uma prisão de ouro. Não queria outra vida. Nem gostava tanto assim de sexo. Vida de rainha. E agora Paula. Aquela menina entrou em sua vida de supetão, arrancando todos os relés de proteção, todas as defesas. Aquele cabelo, aquela pele, aquelas pernas! A juventude é tudo, meu amigo. Aquele jeito de falar como quem pede com mimo, mas ao mesmo tempo ordena. Paula tem de ser minha. Ia falar com Gil.

Tu és jovem, tens tua mulher e tua filha. Tens também essas mulheres que vêm jogar e que te adoram, tu pensas que eu não vejo? Sei que tu gostas dela. Dá pra ver. Não sei se ela gosta de ti da mesma maneira. Gosta mais de dinheiro e daquele pozinho, tu sabes. Gil, chove mulher na tua horta, meu filho. Na minha é que só aparecem essas coroas que eu queria comer quando era novo, mas elas se enchiam de frescura, e, agora que elas querem me dar, sou eu quem diz não. Uma moça como a Paula vai me rejuvenescer. Vou dar a ela vida de princesa. Vamos viajar, ver o mundo, jogar em Vegas, que tal, hein? Gil, tu sabes como és importante pra mim e creio que eu também sou importante pra ti. Me dá a Paulinha, vai. Gil ouve tudo de cabeça baixa e nada responde. Deixa que a consciência de Marollo, desesperada com seu silêncio, aumente as ofertas possíveis. Tinha virado trabalho. Ele vai ficar com Paula? Inevitável. Tem seu ganha-pão. Gosta de Paula? Gosta. Pode ser apenas uma distração passageira. Ele tem os filhos, acaba voltando. Doutor, eu também ia ganhar muito dinheiro com ela. Ah, sim, entendi. Vamos ver. Que tal duzentos mil na mão? Doutor, o senhor sabe que eu ganharia muito mais. Que o senhor, agora, vai ganhar. Então, trezentos mil? Fraco, doutor. Me dê quinhentos mil. Porra, meu filho, tu queres me afubitar? Doutor, mas olha o que o senhor vai ganhar, doutor... Cheirando a leite, acabei de deflorar... Não diga mais nada, Gil. Já tenho ciúmes. Ficamos assim. Vou te mandar pra Teresina, receber um dinheiro. Sabes o Zé Cabral, né? Pois é. Vai lá, passa uns dias, toma banho de mar, água salgada, dá um pulo ali em Jericoacoara, vê umas meninas e volta, tá?

Não saiu triste. Saiu com quinhentos paus. Lucro. Depois, lá na frente, voltaria. Um investimento. Depois, esse Marollo já nem deve levantar o pau, mesmo, de tanto uísque que toma. Aproveitou para dar um beijo na filha, em Zazá, botar umas roupas na sacola e ir para o aeroporto.

Naquela noite, Marollo tomou seus cuidados. Não bebeu demais, nem jogou, para evitar qualquer aborrecimento. Zanzou de lá para cá, saudou conhecidos, circulou tipo vip, olhou mesas, mas seu olhar estava em Paula, bela, com um decote de mergulhar de escafandro, de tão profundo. Mandou entregar uns mimos. Voltava do banheiro com os olhos brilhantes. Retribuía com simpatia e todo o charme do mundo. Essa mulher é minha. Quando terminou, convidou-a até seus aposentos. Garrafa de Johnnie, alguns frios e uma superfície com pequeno monte de cocaína. De início, cheiraram, riram e comentaram lances do jogo que havia terminado. Fez o silêncio. Gil vai demorar na viagem? Alguns dias. Foi cobrar uma dívida e aproveitar um pouco. É muito novo e trabalha muito. Me considero um pai pra ele. Mandei descansar. Depois, tenho uma campeã na casa, que, além de ser campeã, é uma das jovens mais adoráveis que já conheci. Gostaria de conhecer melhor. Pôs a mão na coxa. Ela não recuou. Você me parece muito madura pra sua idade. Uma mulher pronta, com charme e beleza incríveis. Sabe, formamos uma dupla invencível, Paula. Ela tenta se levantar. Acho que bebi demais. Não, querida, aproveite. Aproveite a vida, esse conforto, essa bebida, esse pó excelente. Ou não é? Paula viu a armadilha, mas já havia pensado. Se quisesse chegar ao topo, ser a melhor, a mais rica, precisaria usar truques. Truques de mulher. Depois, sexo para ela nem era primordial. Gostava, gozava, mas não era pleno como disputar uma partida de pôquer com suas possibilidades, chances e riscos. Se você insiste, vou ficando. Bem, querida, a casa está fechando, então só estaremos nós, além de Bronco e sua esposa, para nos atenderem com bebida ou alguma comidinha, quem sabe. Não acha que poderia ficar mais à vontade? Ouviu. Calou. Respirou fundo. Levantou-se e deixou cair o vestido no chão. Seus grandes seios pularam e ficaram firmes, encarando Marollo. Mas como é linda! Ele sentado, ela de pé. Tirou sua calcinha com os dentes. Cheirou uma carreira. Ela também. Levaram o pó para o criado-mudo. Ele tirou a roupa e ela nem olhou, para não perder o tesão. Ele foi direto chupar sua boceta e enquanto isso ela tomava seu uísque e, *why not*, outra cheirada boa. Upa! Essa pegou forte. Uma pressão no cérebro e uma atividade corporal forte, que Marollo gostou. Ele a penetrou várias vezes, mas não gozava. E mais carreiras para um e outro. Não lembra se ele gozou. Apenas que em determinado momento ele urrou, levantou-se, e foi saindo em uma névoa. Fechou os olhos. Acordou assustada. Uma mulher a chamava. Você está bem? Alô? Oi! Quem é você? Meu nome é Auxiliadora, trabalho aí na copa, pro seu Marollo, sou casada com o Bronco... O que aconteceu comigo? Moça, acho que você exagerou um pouco. Seu Marollo me pediu pra vir aqui ver como você estava e você aí, toda vomitada, suja... fiquei preocupada. Você está bem? Quer um leite, copo d'água, suco de laranja? Não respondeu. Tentava recompor a noite passada. Marollo, bebida, cocaína, sexo... Sexo, mas com o foda-se ligado. Nem sentiu nada. Auxi trouxe um copo d'água. Ponha a cabeça aqui, no meu colo, pra beber melhor. Encostou a cabeça naquele colo quentinho, cheiroso. Os seios de Auxi, enormes, feito almofadas, pediam alguma coisa. Não sabia o que era. Foi ficando ali. Moça, você tem uns seios lindos. Que corpo! Ah, obrigada. Posso pegar? Pode, claro. Quando foi tocada, Paula arrepiou. O coração acelerou. Sei lá. Gostoso. Auxi ficou longos cinco minutos acariciando os seios de Paula. Ela gemeu. Sentiu que estava encharcada de prazer. Pensou que era o que faltava. Uma copeira, senhora e ela já... Tem alguém aí? Não. Só nós. O Bronco foi pra casa. Eu fiquei porque o doutor pediu. Deita aqui comigo um pouquinho? Agora podia vê-la normalmente. Uma morena bonita, pouquinho desgastada... Só eu que fico nua aqui? Deixa eu desabotoar aqui... Menina, deixa disso que eu sou casada... Sem pensar maldade, Auxi, somos duas mulheres... Deixa, deixa. Olha, que lindos! Seios grandes, morenos, com bicos negros e altivos. Mas a senhora, hein? É, o Bronco gosta dos meus peitos. Deixa eu pegar? Olha... Eu deixei a senhora pegar nos meus. Tá. No toque, sentiu-se derreter. Moça, olhe lá, moça... Paula também não compreendia, mas se sentia atraída, relaxada, como se aquilo fosse natural. Quando beijaram-se, acenderam uma fogueira e se atracaram selvagemente, com gozos barulhentos e algumas risadas. Quando veio a calmaria, Paulinha, o que foi que nós fizemos? Não sei, Auxi. Não sei. Nunca fiz isso. Mas nunca fui tão feliz fazendo sexo. E tu? Poxa, sabe, Paula, eu sou uma pessoa calma, retraída. Meu casamento com o Bronco, sabe, já passou da empolgação. A gente quase nem faz sexo. Quando faz, parece compromisso.

Nunca tivemos filhos, sabe lá, não é? E de repente, agora, aqui, sei lá, não esperava, não sabia o que estava fazendo, mas foi algo assim, libertador, como se eu encontrasse o que estava procurando havia muito tempo, sabe? Isso, eu também encontrei, Auxi. Eu encontrei. E agora, como ficamos? Ah, menina, não sei. Olha que sou casada, me respeita. Vieste pra mexer com a minha vida, foi? E olha, o dr. Marollo é que sabe de você, não é? Não sei. Sabe, não sou de ninguém, né? Ninguém é de ninguém. Claro, tem o cassino, dinheiro, tem de viver, né? Mas o que eu quero é te encontrar de novo, Auxi. Eu também!

PROTEGIDO DO CABO RIBA

PAULA. PAULA. PAULA. PAULA. PAULA. Valia a pena ter ganho aquele dinheiro para entregar Paula? Deixa pra lá, era só mais uma boceta, e disso tu tens aos montes. Tenho nada, cara. Paula. Paula. Paula. Sacanagem. Dinheiro é bom, mas Paula... Passava os dias murmurando Paula. Zazá não gostava nada. Adriana reclamava. E agora sempre com um copo de uísque nas mãos. Vou contigo abrir a Paraíso Perdido. Não faço nada mesmo. Sentiu aquele cheiro de lugar fechado, cigarro, perfume barato e suor. O cheiro o transportou para os primeiros dias. Como a vida é veloz. Como havia mudado. Agora as roupas eram boas, uísque de verdade, e só faltava Paula. Marollo e ela foram jogar em Las Vegas. A filha da puta deve estar se esbaldando. Puta ciúme. Aquele velho babão! Gil, vem cá! Foi até a porta. Um homem alto, com mais uns quatro, fortes. Boa tarde. Nós trabalhamos pro Cabo Riba. Quem? Cabo Riba. Proteção patrimonial, entende? Vamos pregar aqui na porta esse selo. Vagabundo que passar aqui vai ver e sumir. Mas nós não... Essa área aqui do Comércio agora é do Cabo Riba. Droga, também. Pasta, coca, maconha, é conosco. Mais tarde vem uma figura aí se entender com vocês. Vamos todos nos dar bem. E quanto é essa tal de proteção? Essa tal, por quê? Sim, quanto custa? Tu tás querendo arengar comigo, hein? Algum problema? É cinco paus por mês.

Cinco mil? Vai pagar ou não vai? Meu irmão, vai saindo de fininho daqui porque eu não pago um tostão. Vai saindo antes que eu meta bala! E jogou o tal do selo no chão. Começaram a brigar. Os capangas também. Surraram Gil de todas as maneiras. Zazá gritou. Foi atrás do balcão e trouxe dinheiro. Tá bom! Tá bom! Gil desacordado. Avisa aí pra esse teu carachué não se meter a engraçado, porque vai aparecer com a boca cheia de formiga. Não faça isso, moço. Nós temos uma filha! E ainda tem alguém que te coma, anã? Tem?

Foram embora. Gil todo inchado em hematomas. Chorou de raiva. Queria se vingar. Tu tens uma filha, porra! O mundo é assim e tu sabes muito bem. Não é esse teu mundo de roupinha bonita, perfume importado e sei lá mais o quê. Aqui é o mundo escroto. Cala a tua boca que é melhor. Vai pra casa que é melhor, vai se tratar. Ninguém precisa te ver assim por aqui.

Foi encontrar Marollo, que chegou de viagem. Meu garoto, como estão as coisas aqui? Tudo certo, doutor. Mas o que é isso na tua cara? Andaste brigando? E me dizes que está tudo bem? Não, doutor, está tudo bem. Primeiro, vamos despachar os assuntos do cassino. Deixa pra amanhã, Gil. Acabei de chegar. Ainda estou em lua de mel. Essa tua Paulinha é fogo, garoto! Fogo na roupa! Ela chegou a jogar umas 28 horas direto, a sacana. Que beleza, que beleza. Rejuvenesci uns dez anos! O foda é que vem sempre essa história de quero ser a número um, deixa tua mulher e tal. Coitada da Ann Marie! Essa Paulinha, os americanos ficaram babando! Babando! Mas, sim, e essa tua cara aí? Queria pedir sua ajuda, se possível. O senhor sabe da boate da minha mulher, ali no Comércio, né? Sei, claro. Apareceram uns caras lá, vendendo proteção. Um tal de Cabo Riba. Os caras pregam um selo na parede, avisando pra ladrão não passar lá. E não é bom isso? Pagar cinco paus por mês pra uma coisa que a polícia devia fazer? Ah, meu filho, mas esse é o país em que vivemos. Temos de dar um jeito é de ir vivendo, apesar de tudo. Eles me bateram. Quantos eram? Uns cinco, sei lá. Na frente da minha mulher. Ainda fizeram gozação com o nanismo dela, entende? Cabo Riba, é? Vou mexer com isso. Eles vivem de proteção, gatonet, gás e droga barata, não é? Eu vou ver. Agora me deixa descansar e, mais tarde, vamos despachar os assuntos.

A HORA CERTA DE PARAR

QUAL O MOMENTO DE SE RETIRAR? Botar o pijama, ir para casa, parar de trabalhar? Para muitos, isso é impossível. Amealharam tantos inimigos na vida que precisarão ficar em vigília até o fim. Acumularão conhecimentos importantes demais para guardar na aposentadoria. É muito perigoso. Imaginem o caso de um matador. Mateus Viana, original de Marajó, que foi introduzido na profissão por tio Álvaro, irmão mais velho do pai (que morreu cedo, de pressão alta), e o criou. O tio o ensinou a ter paciência. A ser calado. Ter o mínimo para não deixar pistas. Ser preciso em seus atos. Se à faca, cravar no centro e rodar. Ou entre as costelas, pelo lado esquerdo da pessoa. O tiro na têmpora, na nuca. Sem espalhafato. Sem espuma. Quanto mais simples, melhor. O matador não age e olha em volta para receber aplausos. Ele volta a ser uma pessoa comum, que ninguém vai identificar. Atuou em questões de terra. Na repressão, durante a revolução. Seu escritório ficava na sede do Boêmios da Campina, ali na Carlos Gomes. E ali foi procurado por Marollo para ser seu guarda-costas. Vida fácil. Bom salário. De vez em quando, uma tarefa. Não precisava saber as razões, sequer o nome. Melhor assim. Era executar o serviço e pronto. Mas é que o tempo foi passando. Os dedos das mãos, antes tão ágeis com faca, revólver, agora inchavam e doíam. A vista falhava. Era pleno de conhecimento, sabedoria, momento certo, pistas, detalhes. Mas os detalhes da velhice o prejudicavam.

Cabo Riba, por favor? Quem és tu? Da parte do dr. Clayton Marollo, que é amigo do Zé Silveira, Rio de Janeiro, Favela da Rocinha. Ele sabe quem são?

Porra, Marajó, tu ainda estás trabalhando? Não vais te aposentar? E gente como a gente se aposenta? Não. Não se aposenta. E aí, do que se trata? Um pedido, Cabo Riba, um pedido do dr. Marollo. Tu sabes que ele segura a onda de vários negócios, né? Perdeu dinheiro, ele descarrega, faz favor pra todo mundo. Sim, tá bom, não enrola, vai. Tem um rapaz que trabalha com ele. É como um filho. Trabalha direto no cassino. E daí? Tu agora estás dando proteção ali no Comércio, da Manoel Barata pra trás, ou pra frente, né? Colando um selo, gostei da tua ideia, Cabo. Pois é. Acontece que vocês foram botar o selo na porta de uma boate. Sim, e daí? Pois é, a boate é da mulher desse rapaz que trabalha com o dr. Marollo. Se encrespou, se rebarbou e a tua turma deu porrada nele. O cara tá com a cara inchada, sabe como é. O dr. Marollo não quer se meter onde não deve, entende? Mas apenas como um favor, uma mão lava a outra, queria que vocês não botassem selo ou cobrassem proteção dessa boate. Olha, se vocês quiserem, o doutor até paga por fora essa proteção, contanto que eles achem que não pagam nada, entende? Porra, mas esse moleque aí deve ter muita moral com o Marollo, hein? Te mandar aqui pra deixar por menos e até pagar por fora? Eu, hein? Parece até que tem cu no meio, porra. Cabo Riba, por favor, fique calmo, eu vim lhe trazer o pedido, com toda a educação. Olha, diz lá pra esse teu dr. Marollo ir cuidar do hospital dele. Ninguém vem me dizer onde eu ponho ou não ponho meu selo. E tem mais: o moleque lá se rebarbou, tentou bater em todo mundo, mandou recado e insultou minha mãe, que ele nem conhece. Foi difícil segurar a galera pra não dar fim nele. E olha que são caras todos com o palhaço descabelado tatuado no corpo. Diz lá pra esse Marollo ficar tranquilo, pra ficar na dele, entendeu? Mas o senhor, então... Marajó, estás surdo? Não entendeste? Entendi perfeitamente. Então o recado tá dado. Vaza. Marajó controlou a respiração e a raiva. Saiu.

Preto, chama o Federal, vamos fazer churrasco hoje no Comércio. Respeito é bom e eu gosto.

Foi uma noite fraca. Quarta-feira. Vai ver tinha jogo importante na televisão. Umas nove da noite e tudo já calmo. Zazá fazia as contas. Adriana estava dormindo no quarto acima. Agora não sabia quando Gil daria as caras. Ouviu barulho. Desceu e viu as chamas. Viu as portas fechando. Gritou. Tentou abrir, não conseguiu. Lembrou Adriana. Correu. Aquele ambiente de madeira velha, gambiarras de todos os tipos com energia elétrica, inflamáveis de todos os tipos espalhados, ardeu velozmente. Os taxistas chamaram os bombeiros. Alguém passou cadeado no quartel antigo da corporação, ali perto.

A ligação deu um choque elétrico em Gil. Disparou correndo pela Primeiro de Março, até a Manoel Barata e de lá para a Paraíso Perdido. Bombeiros, curiosos, voluntários. Vocês viram a Zazá? A Zazá, porra! E a minha filha? Ligou, tremendo, para a vizinha. A Adriana está aí contigo? A Zazá deixou ela contigo? Não, hoje não. Algum problema? Depois eu conto. Arrombaram a porta. Atirou-se para entrar. Foi detido. Tudo em chamas. Desabando. Sentou-se na calçada e ali ficou. INCÊNDIO DESTRÓI BOATE NO COMÉRCIO. DUAS VÍTIMAS FATAIS. Zazá e Adriana foram encontradas juntinhas. Devem ter morrido por intoxicação. Nem sentiram dor.

Pagou um bom enterro. Os amigos da rua, do cassino, alguns, foram ao velório. Marollo segreda ao ouvido. Estão dizendo que foi criminoso. Tenho uma coisa pra te contar. Mandei o Marajó até lá. O cara nem quis ouvir. Não respeita ninguém. Já tenho a autorização. Só queria te dizer isso. Levanta a cabeça. Vamos superar. Tu és muito jovem. Vais fazer outras filhas tão lindas quanto ela. Gil olhava o infinito.

Marajó olhava fixo. Oito da noite, na frente da Assembleia de Deus, na Governador José Malcher. O Cabo Riba não faltava. Nem levava escolta. Era dia sagrado. Todos tinham que respeitar. Mas Marajó não respeitava nada. Só dr. Marollo. Não gosto do moleque, mas ordem é ordem. Frio. Respiração pausada. O Cabo passou. Ergueu o braço. Dois tiros. Despedaçada a cabeça. Guardou a arma. Saiu como quem nem sabia o que havia acontecido. Cara mansa. Pegou um táxi. Ligou. Missão dada, missão cumprida. Marollo ligou para Gil. Já era. Está liquidado. Agora chega. Te acalma. Dorme, toma um banhão, passa uns dias fora. Recomeça a vida. Conta comigo. Gil não respondeu. Desligou. Na cabeça havia um buraco. Agora via, tinha amor por Zazá. E Adriana, o maior amor de sua vida. Nunca mais. Não tem ninguém por ele. Até Paula não era mais. Foi negócio. Mas não se conforma. Não pode pedir a mercadoria de volta? Já sei. Pedirá uma decisão. Podiam fugir. Precisa pensar. Ambos têm dinheiro. Recomeçar em outro lugar. Será que ela topa? Marollo ficará bem. Já tem tudo. Paula é só um capricho. Será que ela vai topar? É uma vencedora. Uma conquistadora. Apostará nele?

Me contaram. Acordou tarde, não tomava café, veio direto pro cassino aguardar ordens. Desceu do ônibus na Padre Eutíquio e foi subindo a Carlos Gomes, falando com os que tomam conta de carros, bebuns nos botecos, coroas passeando seus *dogs*. Foi rápido. A moto parou. Paulo desceu e atirou entre os olhos, surpresos. Caiu e ficou estrebuchando. Paulo deu um chute na cabeça e atirou mais duas vezes. Embarcou de carona e a moto se mandou. Marajó morreu.

PLANOS

AUXILIADORA E PAULA ESTÃO NUAS. Um hotel na Primeiro de Março, entre Ó de Almeida e Magalhães Barata. Hora do almoço. Olha que o Bronco vai reclamar. Que nada. A gente virou irmão, sabe? Não rola mais nada. Agora confessa: tu sempre quiseste comer mulher, não? Nunca pensei. Talvez quisesse, sem saber que queria. Tu és a primeira. Vieste pra me enlouquecer depois de velha. Que velha, que nada. Tu és é gostosa. Olha esses peitos! Menina, eu acabo passando mal contigo! Tu és muito jovem, boceta apertada, uma pele maravilhosa! Tu estás brincando comigo. Vais me deixar é doida! Doida tu vais ver agora. Mergulham uma dentro da outra.

Ih, dormimos, vou me atrasar. Nossa! E o Gil, hein? Coitado, estás sabendo dele? Não, nem tenho visto. Vou dar os pêsames. O Marollo ficou chateado. Ele adora o garoto, tu sabes. Sabe lá o que ele vai aprontar. O velho está com os quatro pneus arriados por ti, né? É um velho babão. Mas com ele eu ganho dinheiro. Quer saber uma coisa? Vai depender de ti. Largamos tudo e vamos curtir a vida juntas. Que achas? Paula, isso nunca vai acontecer. O dr. Marollo nunca permitiria. Imagina, perder a garota dele pra uma mulher? Pra uma velha? Funcionária da cozinha? Ele ia ter um troço! Ia nada! Ele está dominado. Me disse que recuperou a vontade de viver. Só quer trepar sem parar. Tenho ciúme de ti com ele. Dele te pegar, te enfiar a coisa dele. Deve ter um pau horroroso. Credo! Horroroso! Mas eu agora vou dar ultimato. Ou eu, ou a tal da Ann Marie. Menina! A mulher dele é sagrada! É? Pois vamos ver. Vai ter de escolher, meu filho. Cuidado, garota. Vai com calma. Esses homens são lesos por sexo, mas também podem ser maus. Deixa comigo. Vamos?

Foram chegando e viram a confusão. É o Marajó! Mataram ele aí na Carlos Gomes! Tiraram o velho da rua. Botaram na porta do 77, em uma prancha. Todos gostavam dele. Chegou o carro do enterro. Tudo de primeira. Subiram. Bronco e Marollo em uma mesa. A morte os unia. Bebiam e contavam histórias antigas. Vamos lá pro quarto. Marollo estava triste. Pesado de bebida. Fez uma carreira e cheirou. Queria animação com Paula. Ela também cheirou. Tu sabes que o Marajó ia barrando, uma vez, um dos maiores clientes do cassino? Ele chegou pra mim e disse que lá embaixo tinha um velhinho, cabelo todo branco, blusa velha, bermuda e aquelas sandálias cearenses. O cara queria entrar e disse que tinha cinco milhões num saco. Eu mandei ele embora, mas, sei lá, vim aqui com o senhor lhe contar. Porra, era o Orlando Primeiro, um cara rico pra caralho, que não dava bola pra se vestir e tal. Só sabia ganhar dinheiro e vinha aqui perder esse dinheiro, só pela adrenalina. Porra, Marajó, desce correndo, pede desculpa que eu também já estou descendo pra receber ele. Puta merda, não acaba com a minha clientela, Marajó! Um cara legal. Ele tinha muitos inimigos? Tinha, claro. Mas foi fazer um serviço pra mim. Bem, também pro Gil. Olha no que deu. Sentes alguma culpa? Não. Tenho pena dele. Um cara leal. Eu devia ter aposentado o sacana, mas o que ele iria fazer de pijama, em casa? Esses caras todos, hoje, andam nessas motos, porra, o Marajó não se equilibrava nem em bicicleta! Tá bom de Marajó. Agora vem pra cá que eu te faço uma massagem pra tirar essa preocupação toda. Não preciso de massagem, Paulinha. Preciso é de um boquete como só tu sabes fazer. Tu gostas, né, sacana? Adoro. Marollo, eu também tenho meus sonhos, sabias? Claro, uma menina jovem como tu precisa de sonhos. Os meus são simples. É? Queria te ter só pra mim. Ah, minha querida, nós não estamos aqui? Tu sabes, só meu. Já passei da idade de me apaixonar, Paula. Ou não? Tem a Ann Marie, os filhos. Estão todos crescidos. E a tua mulher vai continuar levando a vida de rainha que tu sempre deste, né? E eu só quero a ti. Só a ti. Pra acordar juntos, viajar, jogar, ganhar dinheiro dos bobos daqui e de onde mais pintar. Que tal? Não achas que eu sou muito velho pra ti? O Gil ainda é doido pra... Deixa o Gil fora disso. Não alimento fofoca. Ele não tem a tua inteligência, teu jeito de tratar uma mulher como uma rainha. E não tem o teu poder. Isso tudo é encantador, Marollo. E eu queria ser a tua rainha. Paula agiu e Marollo gozou forte. Esse é o meu amor por ti. Duvido que alguém faça melhor. Promete pensar. Marollo olhou para aquela mulher linda e jovem, nua, se oferecendo, ainda de joelhos após a felação, e disse, com alguma verdade, que ia pensar. Ia pensar. Quem sabe? Teria perdido toda a ousadia da juventude? Tantas mulheres à sua disposição, mas nenhuma como Paula. Nenhuma. Apaixonado, a essa altura da vida? E não merecia aproveitar um tanto? Ann Marie era uma sócia distante. O filho, um idiota. As meninas, apenas bonequinhas. Bobas. Quem gostava dele, de verdade?

SEM LUGAR

PAULO TOMOU UM BANHO, trocou de roupa, pegou um táxi e foi para o velório do Cabo Riba. Ambiente tóxico. Bandidos, milicianos, companheiros de farda. Paulo percebeu a troca de comando. Gente nova. Novos grupos. Nova confiança. Sentiu olhares diferentes. Sentiu-se tóxico. Onde encostava, levava a morte e a desgraça. Sentiu-se abandonado, sem ninguém. A única vantagem é que não havia com quem se preocupar. Nada deixado para trás. Quando soube do assassinato do Cabo, foi revidar. Foi um cadeirante encostado, que passa os dias ali no Chicago, na Carlos Gomes, que deu a dica. Matar foi fácil. Questão de rapidez e precisão. Mas acabava mais um ciclo. Ali não havia lugar para ele. Ao contrário, melhor se ele desaparecesse. Queima de arquivo. Antes disso, pegou um táxi e mandou circular. Parou no Locomotivas. Bebeu, fez sexo com uma prostituta. Olhou no relógio. Acho que já sei onde procurar emprego.

E Gil? Gil em mutismo. Marollo com ele. Está feito. Garoto, me ouve. Sei da tua tristeza. Foi foda. Realmente foi foda. Mas é pra frente que se anda. Tu ainda és tão novo. Virão outros amores, outros filhos. Deixa isso pra trás. Falei com o Zé Silvério. Ele até perguntou se tu não querias assumir o negócio. Disse que não. E eu lá vou te perder daqui do Royal? A Paula está aí, com o senhor? Está. Dormiu um pouquinho. Parece um anjo. Meu filho, eu sei que tu ainda gostas dela, mas eu te fiz tanta coisa, não foi? Me dá uma forra, tira isso de letra, deixa a Paulinha pro velhinho aqui, tá? Tudo certo, perguntei por perguntar, foi negócio, não foi? Então está certo. Acho que vamos viajar, passear um pouco. Chega uma hora na vida em que percebemos que não aproveitamos nada, apenas trabalhamos sem parar. A Paula está me fazendo ver isso. Dr. Marollo, cuidado com sua esposa, as fofocas, o senhor sabe. Ela que se cuide. Vida de rainha. Vai reclamar do quê? E, depois, não nasci grudado nela. De repente, teremos uma primeira-dama aqui no cassino, quem sabe... O que tu me dizes? Parabéns! Um brinde!

Vem alguém. Dr. Marollo, tem um homem aqui embaixo querendo falar com o senhor. Ah, hoje não. Já aconteceu muita coisa hoje por aqui. Ele insiste. Tá dizendo que é o homem que matou o Marajó.

No elevador. Coração a mil. Jogada forte. Daria certo. Boa noite. Paulo Mascarenhas. Muita coragem tua vir aqui a esta casa, justamente hoje. Eu sei. Obedeci ordens. O Cabo Riba... Ele sabia que ia ser morto? Não. Mas não gostou dos modos do seu servidor. Me mandou matá-lo. Foi morto antes, mas cumpri a missão. O meu servidor, como tu dizes, o Marajó, era meu funcionário há muitos anos. Meu amigo. Tu o mataste hoje e agora queres conversar comigo? Se chamo minha turma, eles te degolam e te jogam em uma banheira com ácido. Ninguém ia saber de ti. E não falta vontade. Deixei a arma lá embaixo. Também não tenho ninguém pra se preocupar por mim. Sou só. E o que estás fazendo aqui? Faz parte do plano? Se aproximar, ganhar a confiança e depois me matar? Realmente, isso poderia ser verdade, mas não é. Quero o cargo do Marajó pra mim. Ah! Qual a razão pra fazer isso? Sou um policial concursado. Tenho cursos. Um deslize com tráfico me jogou à margem da lei. Trabalhei com o Cabelo. Agora com o Cabo Riba. Nenhum se queixou de mim. Pudera, estão mortos, não é?

Paula entra no recinto. Dá um beijo em Marollo. Meu amor, pode voltar pro quarto? Estou tendo uma conversa privada aqui com o... Paulo Mascarenhas. Quando os olhares se cruzaram, houve silêncio, estranhamento. Marollo perguntou se já se conheciam. Não, lógico. Marollo, macaco velho, anotou. Paulo ficou perturbado. Algum problema, sr. Matador? Não. Como disse, é prova de coragem minha vir aqui, hoje, me oferecer para o lugar do Marajó. Sei que era seu amigo, mas o senhor também sabe que tudo isso foi negócio. Nunca troquei duas palavras com ele. Matei apenas como serviço. Quero me candidatar. Paulo, hoje foi um dia cheio. Passa amanhã comigo que te digo. Meu bem, ele matou o Marajó? Foi. Matei. Tenho assuntos a resolver. Espera.

PAULO E PAULA

MAROLLO E PAULA SAÍRAM. Paula voltou. Só. O que tu estás fazendo aqui? É perseguição, é? Não sabia que tu estavas por aqui. Não sabia mais de ti. Nem devias saber. Não me conheces. Nunca me viste. Cuidado comigo. Aqui eu mando, entendeste? Posso acabar com tua vida. Acabar mais ainda com a minha vida? Logo agora que eu te reencontro? Ai, meu Deus, vai começar tudo de novo? Tudo bem. Eu fico na minha. Vou tentar. Preciso viver. O que não falta é gente querendo me matar. Estavas aqui em Belém esse tempo todo? Não te interessa. Tu és a dona aí do patrão. Eu sei me comportar, fica fria. Mas quero te dizer uma coisa. Eu nunca te esqueci. Serei um doido? Pode ser. Já tive mulheres. De todos os tipos. Nenhuma como tu. E agora estás mais bonita ainda. Tu és doido, cara? Não me conheces. Nunca trocamos mais de dez palavras. Como é que pode essa perseguição? Te manca. Também acho estranho, Paula, mas nessas coisas a gente não manda. Realmente não te conheço. Nunca estivemos juntos. Eu criei uma Paula perfeita, só pra mim. Essa Paula já foi minha mulher muitas vezes. Essa Paula conversa comigo quando preciso. Estranho? Doido? Pode ser. Mas é assim que eu sou. Eu vou continuar sonhando. Sonhando com o quê? Nem eu sei. Talvez sonhar em ser feliz. Comigo deu tudo errado. Lembras que eu queria ser da polícia? Só fiz merda. Agora nem sei de que lado estou. Quer dizer, estou do lado do dr. Marollo. Ele é quem sabe. E de mim, já esqueceste? Não, claro que não, Paula. Fica na tua. Fecha o bico. Paula, eu posso te proteger. Como assim? Eu que mando no Marollo. Deixa comigo. Mas eu quero saber aqui e agora. Entre mim e o Marollo. Como assim? Eu ou o Marollo, quem tu escolhes? O Marollo me paga. Ah, então tá. Perdeste. Agora não quero mais. Não, entendi mal. Se tu me mandares matar o Marollo, eu mato. Mato por ti. Não tenho mais nada a perder. Somente esse sonho contigo. Mas isso pode acontecer? O que tá rolando contigo? Nada, nada. Só pra saber. Mas, olha, no momento certo eu vou cobrar, viste? Manténs o que disseste? Mantenho. Paula, uma última coisa. Tu nunca olhaste pra mim com bons olhos? Nunca viste nada em mim que pudesse te agradar? Nunca. Eu não queria achar nada em ninguém. Só pensava em como vencer na vida. Sair daquele buraco. Tu amas alguém, de verdade? Assim como eu? Tu és doido, isso não é amor. Mas eu amo, sim. Quem é? Não digo. É recente. Coisa minha. Não vou te dar confiança. Paula. O que é? Te manda, cara. Nunca vai sobrar nada pra mim, de ti? Nunca vou te tocar? Nem se eu fizer o que tu mandares? Quem sabe? Olha, desce e espera o Marollo aí no 77. Fala com o Soares. Ouvi falar que bandidos e policiais querem te matar. Ninguém vai me matar.

FALHA

PIOR PODE ATÉ HAVER, mas é difícil. A filha, que já era uma patricinha de última, teve neném. Agora rejeita a criança. Não quer dar de mamar para não estragar o peito. Providencia enfermeira. Leite materno. E os gritos quando precisa fazer o curativo na cesárea? Sim, cesárea, porque não ia aguentar parto normal. Some a isso a esposa, Yvonne, irritada com o choro do bebê, chateada por ser chamada de avó pelas amigas e, por isso mesmo, enchendo o rosto de botox. Despesas. Despesas. A casa insuportável. Não via a hora de ir para o plantão. Lá se esquece do tempo. A pressão o mobiliza, faz bem. A adrenalina quando chega o doente e precisa ser reanimado imediatamente. Injeta isso, aquilo. E a pressão, em quanto? Está fibrilando? Decisões rápidas. Equipe enxuta. Ufa. Estão todos estabilizados? Vou fazer um lanche lá na Esther. No carro, tirou do bagageiro luvas e a linha necessária. Ligou o ar, o rádio em música romântica na madrugada. Vamos rodar e checar alguns *points*. Nada de interessante. Rodou pela Doca e subiu a Vinte e Oito. Um movimento na soleira de uma casa antiga chamou sua atenção. Perfeito. Olhou em volta. Os travestis já tinham ido dormir. Começo de semana, bares vazios. Sabe de uma coisa? Acendeu um Rothmans, estacionou próximo, vestiu as luvas, linha. Passou em frente ao homem e voltou repentinamente, já passando a linha ao redor do pescoço. Ih, esse vai ser fácil. Não, não ia ser fácil. O homem tinha força. Lutava como leão. Arrastou-o para a vala. Sujos de lama. Que merda! Dava cotoveladas. Jogava a cabeça contra seu queixo, seu rosto. Urrou como um porco morrendo. A linha cortava também suas mãos. Escapou. Como escapou? Olhou as mãos. Levou um socão. E foi só. O cara desabou. Ouviu vozes. Gente correndo. Levantou-se aos saltos. Correu para o carro. Na saída, bateu no carro da frente. Saiu arrastando com tudo. Os pneus gritaram. Subiu até a Assis de Vasconcelos. Olhou no retrovisor. Gente foi acudir. Passou na frente do Ver-o-Peso. Havia sangue em seu rosto. As cabeçadas do cara. Arranhões nos braços. Lama. Mãos cortadas. Pela primeira vez tinha errado o bote? Não analisou corretamente a situação. Não percebeu que a vítima era bem forte. Precipitou-se. Que perigo! Foi para casa, trocou de roupa. Voltou ao plantão. Tropecei no lanche da Esther e me abostei no asfalto. Ih, doutor, o senhor anda muito distraído, hein? Quer que eu faça um curativo melhor? Deixa, Serginho, deixa. Mara, a enfermeira, uma morena fenomenal. Se ela soubesse o que realmente satisfazia o médico intensivista Sérgio Aragão, não ficaria se oferecendo.

Rogério, tenho uma parada pra ti. Porra, não me vem com problema porque isso é o que não falta por aqui. Ando até tendo umas tonturas. Porra, a gente liga pra dar uma informação e tu já vens te lamentando, porra, Rogério, égua de ti. Petrovsky, meu querido Pedro, tu sabes como a nossa profissão é, né? Olha, aquele teu assassino jacaré atacou novamente. Opa, isso é uma boa notícia. Onde? Aí perto, na Vinte e Oito quase com a Piedade. Ih, já sei que amanhã de manhã vai ter trabalho pra mim. Mas desse tu gostas, né? Sim. É uma desconfiança antiga, sei lá. Ultimamente tenho a impressão de que nem os chefes querem que a gente resolva as coisas. O dr. Zózimo faz até cara feia quando chego pedindo exame disso e daquilo. Vai-se levando. Queres te adiantar? Passa agora lá na Vinte e Oito, passa. Valeu.

Tá lá um corpo estendido no chão. Polícia, polícia, dá licença. Um homem forte, da terra, velho, mas rijo. A garganta aberta, mas ainda respirando. Não pegou a veia e acabou fazendo uma traqueostomia acidental. Você me ouve? Mexe os olhos se ouvir. Nada. Mas ainda está vivo. Chegou SAMU. Quem viu o que aconteceu? Um traveco se apresentou. Eu vi. Um macho de meia-idade. Os dois rolaram brigando. Não sei a razão. O Justino lutou muito. Deu um socão no cara. Ele saiu desembestado, pegou o carro, bateu naquele ali, tá vendo? Alguma câmera por aqui. Não, doutor. É tudo casa antiga. Só mais adiante, ali na revenda de carros. Qual era o carro? Acho que era um Onyx, preto, peliculado. Anotaram a chapa? Não. Eu vi uma coisa, seu delegado. Eu vi. Viu o quê? Um adesivo no vidro do lado do carro dele. Eu sei porque semana passada eu tive uma minioverdose e me levaram lá no Pronto-Socorro Municipal. E o que era o adesivo? Permitindo estacionamento de médicos. Levaram o homem. Mal segurava a alegria. Um caso resolvido. Um belo caso. Assassino em série. Tem o carro, o médico, agora conseguiria o exame de DNA. Às vezes temos recompensas, pensou. Deu alguns passos. Foi aqui que estacionou o carro? Foi. A bagana de Rothmans. Estava chegando perto. Abaixou-se para pegar. Veio como uma faca atravessando o peito. Dor aguda. Ai. O corpo não resistiu e foi ao chão. Mão no peito. As pessoas voltaram correndo. Chama o SAMU de novo. O delegado tá passando mal. Não precisa. Ele morreu. Só IML. Mal súbito, acho. Ele tava normal, né? Eu não notei nada estranho. Ele se abaixou e pegou esse resto de cigarro e caiu. Vamos é sumir porque isso vai estar cheio de cana e vai sobrar pra gente.

Mara estava fazendo um carinho em seus cabelos quando chegou a ambulância e lá vai aquela correria. Equipe a postos. Tentaram degolar. Um milímetro e pegava a veia. Está bombeando sangue suficiente? Não sei. Parece estar em coma. Rasga essa roupa que está fedendo. Curativos feitos. No leito, entubado, curativo no pescoço, Justino encara Sérgio Aragão. Agora é que foi, cara. Agora é que foi. Tu vais falar alguma coisa? Te comunicar? Será que eu desligo os tubos? Uma ampola de cloreto de potássio na veia e ninguém saberia o motivo do passamento. Aqueles olhos o fitavam fixamente. Imaginou a vontade que havia ali de despertar e gritar, acusar, se vingar. Mas não podia fazer nada. Estava em suas mãos. E o médico intensivista, onde ficava? O que se há de fazer?

NA NOITE DA NOITE ESCURA

NOITE DIFÍCIL. QUENTE. ABAFADA. Mas justo hoje o governador acha de vir se divertir no cassino? Marollo ao lado, sorrindo, fazendo todos os rapapés. Paula com a primeira-dama, supercafona, a dar piti a cada vez que perdia no bacará. Paula, minha filha, vai lá na suíte e pega um pouco de cocaína pra nossa cantora. Qual? Não estás vendo? A Soraya Aguiar, que já cantou até no Faustão. Te liga. Governador, gostaria, mais tarde, de jogar um pôquer? Tudo na brincadeira, só para distrair. Temos amigos seus que lhe fariam companhia. Marollo, eu jogo esse pôquer, mas somente se essa sua... funcionária... A Paula? Sim, me perdoe, mas é maravilhosa... Sem dúvida, governador, sem dúvida. Gostaria de externar mais a minha admiração por ela, mas você já viu que a Gloria não tira os olhos daqui. É, governador, é isso mesmo. Quem sabe, mais tarde, a primeira-dama não queira se recolher, ou outro dia, olha só, posso arranjar um encontro. Seria realmente excelente, não?

Bronco chega ao pé do ouvido. O Claytinho tá aprontando, doutor. Está difícil segurar. Melhor o senhor ir lá. Marollo filho estava embriagado, com as narinas cheias de pó, no balcão do bar, insultando quem passava, pondo as mãos nas nádegas das moças, enfim, impossível. Olha só quem chegou! O todo-poderoso dr. Marollo! O impoluto dr. Marollo, dono dos hospitais e das clínicas da cidade! Garoto, cale a boca e me respeite! Respeito? Respeito? Venho aqui em nome da minha mãe, dr. Marollo, que está em casa, cuidando das suas filhas, enquanto o senhor fode publicamente com essa tal... Marollo dá um tapa. Tira do bolso um bolo de notas. Enfia no paletó do filho. Pede ao segurança que o leve para fora do cassino e não o deixe entrar. Claytinho esperneia, mas vai. Marollo olha em volta, pede desculpas. O rosto está vermelho de vergonha. E onde está esse porra do Gil, que não aparece? Tá bom que perdeu a filha e a namorada, mas aqui é trabalho, porra. Depois todo mundo quer receber e ser bem tratado. Estou achando que o único otário aqui sou eu.

Encaminhou o governador para uma mesa em uma sala, com secretários e empresários. Sim, Paula foi para lá, servir de decoração. Podia escolher alguém para afubitar, mas que não fosse o governador. Triste figura. E não era sempre assim? Presentes caros e dinheiro, claro, dinheiro, em troca do silêncio. Uma vez abusou, ligou de madrugada, esculhambou. Estava jogando. Perdendo. Se aborreceu. Pediu desculpas. Ficou por isso. Procurou concentrar-se na mesa profissional que iniciou lá por uma da manhã. Cadê o porra do Gil, caralho?! Uma hora depois, pediu licença e foi levar o governador até a porta. A primeira-dama já havia partido. O governador animado, abraçando Paula, passando a mão sorrateiramente em sua bunda. Ela dava discretos olhares para Marollo. Uma encenação. Foi embora. Velho babão. Filho da puta. Vá pegar na bunda da mãe, caralho. Sai na urina, minha filha. Preciso dar uma cheirada. Vá, criança. Mas depois passe lá na sala porque o cara está ganhando muito. Tá foda. Essa noite. E cadê o Gil? Sabes dele? Não. O jogador continuou ganhando. Depois das duas, Gil apareceu. Porra, garoto, o que houve? Desculpe, doutor. Desculpe o caralho. Vai no meu lugar porque o cara já ganhou dez milhões de reais e eu não vou pagar esse dinheiro pra ninguém. Vamos, chegas atrasado, agora corre. Paula cheirou sua carreira e passou pela copa. Queria dar um beijinho em

Auxiliadora. Não estava. Sei lá. Depois. Mais tarde. Se esses dois imbecis soubessem do que ela realmente gostava...

Marollo desceu até a porta. Foi ao 77. Disseram o número do quarto. Paulo veio de lá já com o rosto coberto com capuz. Tentava reagir, mas era contido. Sem ver ninguém, gritava: Marollo, tu estás aqui? Marollo filho da puta! Tu me traíste. Marollo! Um soco no estômago o calou. Meteram em um carro preto. Já sentindo o peso do dia inteiro de uísque na cabeça, pensou que às vezes é preciso ceder, quando a pressão extrapola. O Silveira pediu a cabeça do cara, para abrandar a situação no outro lado. Questão de dinheiro, apenas.

O jogo continuava. Gil estava recuperando tudo. Marollo ficou olhando. Queria que seu filho fosse Gil. Para continuar seu trabalho. Um cara inteligente, sagaz, pau para toda obra. E veio esse idiota que não trabalha, não estuda e ainda faz merda. Ah, sei lá, Deus é justo. Se Gil fosse meu filho, ninguém nos seguraria, porra. Ele ainda gosta da Paula. Aceitou a troca por respeito. E pela grana. Não, pelo respeito. Mas foi foda. Sete da manhã? O dinheiro estava de volta à casa. O jogador saiu triste, mas não aborrecido. Rico, vinha pela adrenalina do jogo. Por aqueles momentos de dúvida, de apostar, meus dez, mais teus vinte, sabe como é. Mas estava ali para se divertir e se deu bem no começo. Quando Gil chegou, acabou. O profissional está ali para trabalhar. Para ganhar teu dinheiro e pronto. Um se diverte, outro trabalha. Pronto. Era preciso fazer as honras da casa. Levar o jogador até a porta, domingão de sol, atletas correndo, bebês chorando, outros que vão à missa. Fechou a porta.

Quero falar contigo. O que temos pra falar? Tem um esquema. Vou dar o fora. Para outro país. Vem comigo. Tu és doido? Pra que eu vou contigo? Paula, aqui não tem nada pra ti. Ou queres ser a rainha de um cassino em Belém do Pará? Tu achas que ele vai largar a mulher dele, da *high society*, mais as filhas, todas bonitinhas, pra ficar contigo? Ele não é doido. A cidade vai foder com ele. Não esquece que o dinheiro chegou desse lance dele nos hospitais. Vamos comigo. O que tens a perder? Não tens ninguém por ti. Eu também não tenho. E, sim, eu gosto de ti. Tive todas as mulheres que quis. A Zazá era mais amizade. Mas, aqui, choveu pra mim desde *miss* isso, *miss* aquilo, Rainha das Rainhas do Carnaval, coroas fantásticas, tudo por causa do jogo. Algumas pela excitação. Outras pra pagar na cama as dívidas. Mas eu gosto de ti. Lembras da nossa primeira noite? Porra, Paula, a tua primeira vez foi comigo! E agora vens me dizer que preferes esse velho babão do Marollo? Égua, Paulinha, dá pra encarar? Que esquema é esse? Demorei a chegar aqui no cassino porque estava acertando. Sabes o Iate Clube? Pois é, contratei uma lancha, grande, boa. A gente cruza a baía até Soure. De lá, vem um teco-teco pegar a gente e levar para Caiena. De lá vamos pro Caribe, onde houver cassino, a gente chega e ganha dinheiro. Só nós dois, curtindo a vida. Eu e tu, Paula. Não queres ser feliz? Vem comigo. Vim te buscar. Deixa tudo pra trás. E o Marollo? Ele? É rico, tem tudo o que quer. Nós precisamos é pensar na gente. Viste, agora mesmo, ganhei de volta pra ele uns dez milhões. Quanto ele me dará de gorjeta? Uns cem mil, no máximo. E quanto ele ganhou?

Se achas pouco, posso te pagar mais, Gil, disse Marollo, entrando. Eu estava aguardando isso acontecer. Tu és jovem e queres seguir conquistando. Normal. Também sei que gostas da Paula. Estava, hoje mesmo, pensando que aceitaste a troca. A troca? Sim, Paula, pra ser mais correto, a venda, minha filha. Quanto eu te dei, Gil, pra tu me dares a Paula? Não acredito, puta que pariu. Quinhentos mil reais. Foi quanto ele me pagou. Mas não tinha jeito, Paula, ele ia ficar contigo de qualquer maneira. Tu ias de vontade própria, porque tu também queres ganhar dinheiro, não é? Não sou puta mercadoria de ninguém, caralho! Era o que faltava. Tá, tá bom, não és mercadoria, e o que vais fazer agora, hein? Vais voltar a jogar no Uberabinha e fazer lanche do Big Mengão? Tenho uma proposta. Eu vou me... Não vai, não. E trancou a porta. Abriu, novamente. Bronco, me traz bebida e um baralho aqui. Nem fodendo! Agora vão apostar quem fica comigo! Era o que faltava. Vão se foder os dois. Cala a boca, porra. Cheira aí tua carreira e te acalma. Vamos jogar, Gil? Uma de testa? Quem ganhar fica com ela, sem ressentimentos? Parem com isso. Paula, cala a boca, por favor. Gil, nós não vamos estragar a mercadoria, não é? Bronco entrou e serviu um Johnnie Walker selo preto, generoso, para cada um. À nossa saúde! O baralho, por favor.

Embaralhou, fez o camaço e pediu para Gil cortar. Uma carta fechada para cada um. A carta de Gil, um ás. A carta de Marollo... Agora, as cartas abertas. Vai botando, até cinco cartas. Gil tem par de nove. Ele tem par de quatro. Tá bom? Vamos ver. Um silêncio forte. Gil sente uma tontura. Marollo tinha virado a dele. Era uma rainha, que juntou com um rei. Mas estava emborcado, olhos fechados. E então tudo escureceu.

BRONCO

O SENHOR, QUE É ESCRITOR, pode achar difícil de acreditar, mas quem ri por último ri melhor. Eu vou lhe contar. Confessar. Mas precisa ficar entre nós. O senhor vai sair daqui e eu vou lhe acompanhar. Qualquer movimento ruim, o senhor quebra minha confiança. Está combinado. O que aconteceu? Seu Escritor, a gente tem um limite, não é? Tudo tem um limite. Dr. Marollo e o Gil já queriam saber só de jogo e da tal da Paula. Eu fui assumindo as máquinas e o jogo do bicho. Depois pintou a pasta, que espalhei aqui na zona do meretrício toda. Quando deu certo, me deram cocaína da boa. Mas o Marollo não ia deixar. Quando visse que eu ia faturar, ia encrespar. Dinheiro, sabe? Quanto mais tem, mais quer. Não ia deixar o garçom virar gente. Ter dinheiro. Eu ia deixar o dr. Marollo na boa e ia ganhar meu dinheiro. Deixar de servir, atender aos outros, aos gritos e até insulto. As pessoas sabem ser muito agressivas quando pedem as coisas. Gostam de nos diminuir, mostrar que são superiores. Porra nenhuma. Desculpe, às vezes eu me excedo. Naquele dia a Auxiliadora veio me dizer que tava apaixonada pela Paula. Pensei que era brincadeira. Mas, porra, Auxi, tu sempre gostaste de pica, mulher. Era sério. Estavam apaixonadas. Aí pensei nessa Paula. Filha da puta. Mulher jovem, gostosa, fogosa. Ela botou fogo no cassino, amigo. Estavam o Gil e o doutor comendo na mão dela. E agora, minha própria mulher. Aceitei, desejei felicidade e tal. Ela foi dormir uma sesta, que a gente tira porque trabalha até de madrugada, e eu a matei com o travesseiro, asfixiando. E aí, ninguém ouviu nada? Nada. Deixei lá, na cama, deitadinha. Vim trabalhar. Foi uma noite pesada. Governador presente, aquela cantora famosa, sei lá, até o Leitinho, sabe, o filho do doutor? Apareceu bêbado, cheirado, e botaram pra fora. Sabe a que horas tudo foi acabar? Lá pelas sete, oito da manhã. Me chamaram e pediram bebida. Estavam os três pesados. Essa era a hora. Peguei a garrafa de uísque e batizei com veneno de rato. Direto. Entrei na sala. Iam jogar, imagina, quem ia ficar com a garota. A Paula. E ela não dizia nada? Estava puta, mas ia fazer o quê? Cheirava cocaína demais. Estava meio trincada. Nervosos, cada um tomou um golão. Eu esperei. E tudo acabou. E aí? Aí o quê? Porra, os três mortos, mais a tua mulher. Seu Escritor, tudo tem limite. Liguei pro Hercílio e a Tânia. Quem são? Um casal que limpa cena do crime. Quê? Essa eu passei longe. Custa caro, mas limpam tudo. Não deixam rastro, impressão digital, nada. Custa caro, mas eu tava preparado. Tá bom, mas o que fazer com os corpos? Pensei primeiro em colocar em barris e jogar aí na baía, mas já houve quem fizesse e não deu certo. Então derreti os três lentamente, no ácido. Levou um tempo, mas não restou nem farinha de osso. Mas como assim? Ficou por isso? O Gil e a Paula nem sei, mas o Marollo era um dos reis da cidade. Ficou assim? Eles reviraram tudo, não encontraram nada. Virou um mistério. Me fizeram suspeito. Minha mulher tinha morrido. Me prenderam e escavaram tudo. Tudinho mesmo. Nada. Aí eu já subornava muitos investigadores e me despintaram. Desconfiaram do filho dele, por causa do escândalo daquela noite. O Silveira teve de segurar muita onda e gastar muito dinheiro pra acalmar o mercado. A mulher do Marollo vendeu tudo pro Estado. Os hospitais e as clínicas agora são públicos. Ela vem a Belém somente para ver o Círio passar na frente da casa dela, ali na Nazaré. Muitos dizem que ele fugiu porque tava devendo uma fortuna e hoje vive no Uruguai frequentando cassinos. Olha só.

Do Gil e da Paula, quem vai querer saber? E a tua mulher? Quando voltei pra casa, fiz aquele escândalo. Disse que ela estava se sentindo cansada e pediu uma folga. Eu, chefe dela, dei. Mal súbito? Sei lá. Enterrei, chorei, fiz tudo. Foi uma boa mulher, né? Mas às vezes a gente chega ao limite. Hoje é o que o senhor vê. Tomo conta dessa distribuição no centro da cidade. O senhor começou a cavucar e eu achei melhor saber o que estava acontecendo. Incrível. O cassino, tudo como estava tantos anos atrás. Tem outra mulher? Pra quê? Tenho as que eu quero, inclusive umas gatas que pagam com o corpo sua dose de cocaína, pasta, o que quiser. Uma última pergunta: quem ia ganhar o jogo, o Gil ou Marollo? Gil. A última carta dele foi um ás, que fez par com o ás que ele tinha. A Paula ia ficar com ele.

EPÍLOGO

FOI DIFÍCIL CHECAR TUDO. Quanto haverá de ficção no relato? Uns seis meses depois, Bronco foi assassinado na Doca de Souza Franco. O carro parou no sinal, manhã de domingo, foi crivado de balas. Até granada jogaram. Foi notícia por alguns dias, e esqueceram. Acho, mesmo, que Bronco morreu naqueles dias, quando soube da Auxi com a Paula. Cheguei a perguntar por que não largava aquilo, afinal, não era mais nenhuma criança. Disse que não saberia o que fazer. Muitos ainda dependiam dele. Daquele mundo, difícil sair vivo. Pois é.

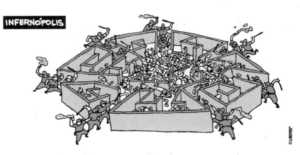

Charge de Laerte Coutinho sobre o massacre de Paraisópolis, originalmente publicada na *Folha de S.Paulo* em 3 de dezembro de 2019.

Publicado em janeiro de 2020, este livro foi fechado sob o impacto da morte de Gustavo, Marcos, Dennys, Denys, Luara, Gabriel, Eduardo, Bruno e Mateus, em Paraisópolis, São Paulo, na noite de 1º de dezembro de 2019, fruto de uma ação cruel da Polícia Militar durante o baile funk no qual eles se divertiam. Composto em ITC Garamond Std, 10/14, e impresso em papel Avena 80 g/m², ele mostra que a violência da realidade pode sempre superar aquela da ficção, por mais exacerbada que esta possa parecer. Impresso pela Rettec para a Boitempo com tiragem de 2 mil exemplares, ele carrega a esperança de que o luto se transforme em luta e de que a juventude brasileira possa, algum dia, viver num mundo mais justo.